戦争の民話 Ⅲ

夢のなかの息子

立石憲利

吉備人出版

目次

一、戦死の知らせ

1　木馬道を歩いてくる……16
2　帰ってくる……18
3　青い顔で立つ……20
4　倒れかかる……22
5　廊下に立つ……24
6　蚊帳の外に立つ……26
7　血まみれで帰る……28
8　表戸をたたく……30
9　玄関からの声……32
10　お母さんと呼ぶ……34
11　叫び声……36
12　三人が同じ夢……38

13 軍服で帰ってきた夢 …… 43
14 墓を掘る夢 …… 46
15 夢に現われる弟 …… 47
16 枕元に立つ …… 49
17 手伝いに帰る …… 50
18 寝床まで赤土 …… 51
19 おなかが痛む …… 52
20 キジの姿に …… 53
21 ワニになって帰る …… 56
22 位牌が落ちる …… 58
23 仏壇の鉦が鳴る …… 60
24 仏間で音がする …… 62
25 神棚から落ちる …… 63

26　戦死者の火の玉①……64
27　戦死者の火の玉②……65
28　家に入る人魂……67
29　軒にいる火の玉……69
30　盃が割れる……71
31　負傷の知らせ……72

二、戦場で助かる

32　お守りが身代わり①……76
33　お守りが身代わり②……80
34　お守りが身代わり③……82
35　お守りが身代わり④……83
36　千人針の助け……84

37 鉄帽をかぶっていなくて助かる……86
38 信心で助かる……88
39 明神さんのおかげ……93
40 お大師さんの導き……95
41 母の守護……98

三、予言

42 とじ話……102
43 不動様のお告げ……105
44 石鎚様のお告げ……107
45 妙見さんのお告げ……108
46 コックリさんの予言……111
47 蛇が入る夢……115

48 位牌が倒れる …… 116
49 親友と会える …… 117
50 病気のふりして帰還 …… 119

四、戦場

51 人肉を食う …… 122
52 兵隊が燃える …… 128
53 一億国民みな死んだ …… 130
54 あの世の入り口 …… 132
55 「お母さん」と呼ぶ …… 134
56 三回帰った遺骨 …… 135
57 便所に出る亡霊 …… 137
58 殺した女 …… 139

59　戦場に会いに行った母 …… 141

五、岡山空襲

60　溝の中から白い手 …… 144
61　防火用水の白骨 …… 146
62　市内を見たい …… 147

六、総動員

63　泣かせてほしい …… 150
64　徴兵逃がれ …… 152
65　猫の供出 …… 154
66　カラスが弔いに …… 157
67　戦争に行ったカラス …… 159

68 菊花紋を削る……162
69 弾薬庫の穴掘り……164
70 飛行場の建設……166
71 松根掘り……170
72 ガソリンは血の一滴……173
73 木の召集……174
74 子作り休暇……176
75 郵便屋は天皇と同じ……177

七、暮らし

76 タコの配給……180
77 ドブロク造り……183
78 煙草の味噌汁……186

八、私の戦時体験……189
＊
あとがき……200

表紙画・さし絵　江草昭治

（日本美術会会員）

戦争の民話 Ⅲ

夢のなかの息子

凡　例

1　本書収載の資料は、編者が採録した戦争にかかわる民話、またはその素材になるような話である。

2　採録はテープレコーダーまたは筆録によったが、なるべく話を忠実に文章化した。編者が勝手に内容を変更していない。

3　話の題名は、内容をもとに編者が付した。

4　話の配列は「一、戦死の知らせ」など七項目に分類し、それにもとづいて行った。

5　注は、採録年、話し手の住所、氏名、生年など最少限にとどめた。氏名未記載のもののほとんどは、話し手が氏名を秘してほしいといわれたものである。

6　住所や話の中の自治体名は、原則として「平成の大合併」前の名称を用いた。

一、戦死の知らせ

1　木馬道を歩いてくる

戦時中のことで、兄が海軍軍属として出征していました。

昭和十九年七月十六日のことです。父が田の草取りをしていた時です。ちょっと腰を伸ばした時、田の下《しも》の方から、人がこちらに来ていました。誰かなと思いながら草取りをし、もうここに来るころだと思って立って見ました。山田なので木馬道《きゅうま》があるのですが、そこを屈《かが》み加減に歩いて行くのが兄に似ているので、

「繁、繁、繁じゃあないか」

と三度呼んだそうです。でも、何も言わずに、すうーっとどっちへ行ったでもなく見えなくなったので、気持ちが落ち着かなくて、父は家に帰ってくると、

「いま、繁が帰ったろう」

と言うのです。訳の分からないことを言うので聞くと、田の草取りのとき兄を見た話をし、「氏神様へ参る」といって、すぐに出て行き、その夜は帰って来ませんでした。どうにも帰る気がしないので、人に言付けして姉の家へ泊まったのです。

父が帰って話すのに、お宮に参って手を合わしている時、なんと言っていいか分からない大きな音がして、頭を叩《たた》かれたようで、足もすくんで動けない思いだったそうです。

それから一年がたち、昭和二十年八月十日の昼ごろ、役場から戦死公報が来ました。「昭和十九年七月十六日、ソロモン群島にて戦病死す」とありました。兄は、あの日、遠い南方の島より帰って来たのだと、家族みんな悲しみ涙しました。

・一九九四年、神郷町、A子さんより聞く。

2　帰ってくる

備前市の畠田いうところに二木のナオちゃんの家に、私が保険の勧誘に行ったんです。

そうしたところが、お母さん相手に話しょうたんです。

「私ぁ三井生命の生命保険をやりょうるんでなあ、こういう戦時中でもあるしするから、寄ってもらようるんですらあ」

言うて話しょうたところが、そこの家の娘が熊山町の千躰《せんだ》か勢力《せいりき》に行とりましてなあ、その子が自転車でやって来まして、

「お母さん」

言うて入って、

「ここにゃあ何事もなかったか。ナオが夕べ戻ったぞ」

こう言う。

「そねえ言やあ、ナオが夕べ確かに戻った」

せえから大変になりましてなあ、両方が総泣きですらあ。手を取り合うて泣かれた。

「こりゃあもうナオは死んどる」

いうて。

せえが、ちょうどそのころノモンハン（中国東北部）で戦死しとったんです。人間は戻るんじゃいう。

・一九八〇年、長船町牛文、太田享次郎さん（一九〇九年生まれ）より聞く。

3　青い顔で立つ

私の弟（古森忠志）は、このたびの戦争で中国中部へ行ったんですが、「満州」（中国東北部・旧満州国）まで歩いて帰りょうて病気になって、「満州」で病みついて死んだんです。戦病死ですなあ。

せえで戦死いう知らせがあって、葬式がすんでのちに母（古森コギン）が話しとった。

忠志が青え顔をしてからに来た。何ぅしぃ来たんか、なんのあてもないのに、寒そうな、青い顔をしてずうーっと立てっとった。

「まあ、そがあな寒げなふうをせずに、うちぃ入ってあたれえや」

いうても、黙って立てっとった。じっと立っとるばかりして、なんにも言わずに立っとる。どうしたんじゃろうか思うてしたら、目が覚めたいうて。

ちょうど、その夢を見た日に戦死しとったたいうて。あの時に魂が戻ってきたんじゃなあ思うたいうて話した。

・一九八九年、広島県上下町小堀、糸谷シズヱさん（一九一七年生まれ）より聞く。

4　倒れかかる

私が独身時代で、神戸におりまして親戚の離れ家に下宿しておったんです。昭和十二年だったか、私が寝ておったとき、姉の主人の夢を見たんです。私の姉の主人は、神戸の港から日支事変（日中戦争）で出て行ったんです。その時、私も見送ったんですが――。

義兄は将校だったんですが、「やられた」いうて、腹を押さえて、軍刀を持って、はあーっと私にもたれかかったんです。私は、びっくりしてとび起きたんです。夢だったんだろうかなあと思うて、あたりを見回したんですが、どうも夢のような気がせんのですが。なんか気がかりでかなわんから（仕方ないので）、葉書を出したんですわ。「二十九日の夜、こんな夢を見たが変わったことはないか」いうて、姉が岡山におりましたから出したんです。

出したんと入れかわりに「二十九日夜、こうこうで戦死したという知らせが入った」という知らせがあったんです。やられたときに魂が飛んで来たんではないかという気持ちがしました。

・一九九三年、柵原町飯岡、秋山勇さん（一九一〇年生まれ）より聞く。

5　廊下に立つ

昭和十九年八月六日のお昼です。私方に離れがあるんです。離れに半間の廊下がずっとついとるんです。その廊下の端っこに達郎さんが帰ってきたいうことを、兄の博之が言うたんですけど。

「なんと達郎が戻っとるぞ」

言うんです。私たちは一緒にそこに行ったんですが、何も見えないんです。兄は、

「達郎は確かに帰ってきた。達郎いうて呼んだけど消えてしもうたけど、確かにありゃあ達郎だった。もう顔が違やあせん」

いうて、そういうて兄が言うた。不思議なないうて話しとったら、しばらくして、戦死の内報が入ったんです。それでも内報じゃから信用せんでめえわあいうて、半ば安心

しとったんです。

公報が入ったのは翌年の二月一日です。やっぱり言いに帰ったんかなあいうて話した。達郎さんは機関士で、フィリッピンで船に乗っとって戦死したいうことです。昭和二十年の三月か四月、西阿知（倉敷市）から友達が来られて、船が魚雷でやられたいうて話しとられたいうことです。

・一九九五年、金光町地頭下、塚村信子さん（一九二四年生まれ）より聞く。

6　蚊帳の外に立つ

佐方（金光町）に住んどった人で、子どもがないから乙島（倉敷市玉島）から養子をもらっとったらしいです。その人が海軍で出征して亡くなられたんですって。

そうしたら、身内のお婆ちゃんのとこへ、夏のことで、夜、蚊帳の中で寝てたら、その人が蚊帳の外でぼーっと立っとるんですって。

「〇〇、どうしたんなら、戦争に行っとるのに、どうしたんなら。そんなとこに立っとらんと、蚊帳の中ども入って来りゃあええのに」

いうて蚊帳を上げてやったら、もう服がびっしょり濡れとったそうです。せえで、

「どうしたんなら、お前は。こがいに（こんなに）ずぶ濡れぇなって帰って来たかや」

言うて、拭いてやろう思うたら、ふっと消えた。

そうしたら、その人が、その日に亡くなっとったそうです。

・一九九五年、金光町佐方、荒木佳代子さん（一九三九年生まれ）より聞く。

7　血まみれで帰る

私がまだ学校（陸軍士官学校）へおる時分になあ、昭和十四、五年じゃったと思いますが、同年に東京の奥田という人がおって、その私の連れが急に本部に呼ばれてから、お父さんが漢口で戦死したという知らせを受けたんじゃ。おやじさんは海軍の少将じゃったかと聞いとります。

死んだという話を聞いたとき、お母さんが言うた。

夕べお父さんが帰ってきて、

「玄関のとこの樋《とい》がこわれとる、直してもらわにゃいけん」

言うた。見りゃ首の方に血がいっぱいついて血まみれになっとる。

「どうしたんなら」

言うたら、そのままおらんようになった。主人の魂が帰ったんじゃろういうて。あくる日に戦死の公報が届いて、爆死したいうことじゃった。そういう階級じゃから、すぐに公報が入ったんじゃろう思いました。

・一九九五年、金光町佐方、荒木熊吉さん（一九二〇年生まれ）より聞く。

注　漢口は中国湖北省東部の都市。揚子江をはさんで武昌、漢陽とあわせて武漢三鎮といい、水陸交通の要地。

8　表戸をたたく

私の前の主人の水野高義は、昭和十九年三月十一日に召集されて出て行きまして、北支（中国北部）に渡る前に一晩帰ってきまして、それから北支に渡ったんです。

終戦になって一緒に行かれた人が帰られまして、まあ主人も帰ってくるんじゃろう思うておりました。

終戦になってすぐのころ、ある晩、まだ寝てもどうしてもおらんのですけど、横になっておりましたら、表の戸をおそろしいような大きな音で、ドンドン、ドンドンたたく。それで戸を開けるんでもない。そうしたら私が金縛りにおうたんです。そこへ主人が上がって来ました。「ありぁ」いうて、もう涙が出るだけで、うれしゅうて泣いて泣いて、主人も何にも言わずに座っとりました。そうしょうたら、はっと主人がおらんようになった。

今のは何じゃったんじゃろうか、これじゃったらいつ帰ってくるかなあと思うとりました。そうしたら二、三日してから戦死の公報がありました。主人は終戦まぎわに戦死しとりました。

・一九九三年、柵原町久木、西田君子さん（一九一八年生まれ）より聞く。

9　玄関からの声

　母の鶴代が話していたのだが、母の弟春男は出征していて、南方に行っているということだった。

　昭和十七年だったか、ちょうどその日は強い雨が降っていて、ザーザー、ザーザー音を立てていた。そのとき、玄関から、

「帰ってきたで、帰ってきたで」

という春男の声がした。

　両親は離れにいたが、春男の声を聞いて、

「春男が帰ってきたぞ。ずぶ濡れになっとるぞ」

と言ってとび出していった。

ところが玄関にいない。土間にいないので外かなと思って戸を開けてみたが、そこにもいなかった。

「確かに春男の声だった。帰ってきたでいうてはっきり言うたがなあ」

両親は不思議でならなかった。

それからしばらくして、春男の戦死公報がきた。帰ってきた日に戦死していた。

・一九八九年、英田町上山、神崎靖亜さんより聞く。

10　お母さんと呼ぶ

大東亜戦争（太平洋戦争）が始まったのが昭和十六年の十二月八日でしたがなあ、一番大きなのが（長男が）志願して出ましてなあ、十二月十四日にルソン島（フィリピン群島の北部にある主要島）で戦死しておりますけんな。一番最初の戦死ですけんなあ。

その時に、私の母親（佐持おかよ）が言うたのに、

「まあ重正が夕べゃあなあ、『お母さん、お母さん』いうて声ぅした。重正ぁ元気でおりぁあええがなあ」

いうて言ようりました。

そうしょうったのちほどに、私らが高等（高等小学校）二年生の時で、学芸会の時でした。

「佐持さん、早う帰らにゃあいけんで、きょう早う帰りい、片付きゃあいいわ」

いうて、教員室ぃ入ったら先生が言われるですが。

　そん時に役場から戦死の公報が入ったですけんねえ、帰ってみたら、えらい大勢出入りしょうってだなあ思うて、そうしたら、

「あの時にゃあ重正が戻って起こえたなあ、あの時死んどったなあ」

いうて、母親が言いました。

　戦争の話ぅしたら悲しいです。二人死んどるんですが。明くる年の二十四日（一月）にゃあ次男が海軍で戦死しとりますけんなあ。母親は、

「二人ながら、お母さんいうて起こえた。夢に見せただろうかな」

いうてねえ、よう言いました。

・一九九四年、神郷町高瀬、四木信恵さん（一九二八年生まれ）より聞く。

11　叫び声

羽出（奥津町）の人でHさんいう人が日露戦争に行って行方不明になったいうけえ、本家のお婆さんら二人で羽出神社に丑《うし》の刻参りをすることになったんじゃ。

「せえでもなあ、Hが行方不明じゃいうけえ、お宮へ参ってなあ、丑の刻参りゅうして、拝んで願を立ててみゅうや」

いうて。

　丑の刻参りにゃあものを言われんのじゃそうなけえ。二人で参ったらなあ、拝殿の前へ大きな牛が寝とった。こわいけどなんにも言われんが。黙っておったら、お宮の正面にある阿吽《あうん》の犬（狛犬）があるとこのへんから、

「おーい、おーい」

と大きな声がして、身の毛がよだったいうて。

ものを言うちゃあいけんことじゃけえ、言わずに帰ってきて、

「あれがHの声だったぞなあ」

いうて話ぅしたいうたん。そねえしたら、やっぱり戦死しとったいうて公報がきたんじゃ。


•二〇〇〇年、奥津町羽出、伊丹千靍さん（一九二二年生まれ）より聞く。

12　二人が同じ夢

父は在郷軍人いうて、郷土を守る兵隊として、甲神部隊（広島県甲奴《こうぬ》郡と神石《じんせき》郡の在郷軍人で編成）で八月二日の晩に村を出て、三日に広島へ入隊したんです。八月六日の原爆におうて、村の人が捜しに行ってくれて、お父さんはだめじゃいう知らせがはいる前の晩のことでした。ちょうど雨がしとしと降りょうたんですが、その晩は。

寝ても、なんか、いそいそ、いそいそして寝られんのです。なんか夢を見るんです。それがお父さんの夢を見るんです。お父さんが下《しも》の方から、自転車ぁ踏んで何回も何回も帰るんですが、うちぃ入らんこうに（入らないで）、自転車でうちの前を通り抜けるんです。お父さんが、家の前を通ったんじゃ思いながら目が覚めて、また寝ると同じ夢を見るんです。

そうして、夜が明ける前だったと思うんです、庭の口（玄関）ぃ、お父さんが立ったんですよ。

「戻ったで」

いうて、

「ああ、お父さんが戻っちゃった。死んだいうなあ嘘じゃ」

いうて目が覚めたんです。

兄弟が起きて顔を洗うたりして、いろり端でご飯を食べるようになって、私が、

「お父さんが、今朝、庭の口へ帰っちゃったで」

いうて話ぅしたら、弟の知則が、

「お姉さん、お父さんは下から自転車で帰っちゃったんじゃが、夕べじゅううろうろしちゃったんよ」

いうて言う。兄貴の一吉が、いろりのそばに坐り、坐り、

「まあ、わしもあがあな夢を見たんじゃが、今朝になってから庭の口ぃ立てって、ものも何も言わんこうに立てっとるんじゃ。にこっと笑うて庭の口ぃ立てったんじゃ」

いうて、三人が同じような夢を見とった。

「お父さんは帰らんのじゃろうかなあ、どうしたんじゃろうかなあ」

いうて話した。その日の夕方ごろ、

「やっぱり、お父さんはつまらんのじゃ（だめだった）。生きとらん」

いうて様子ぅ言うて村の人が帰ってくれちゃったんです。公報じゃなかったんです。

私と兄貴と弟と、三人年子でおったんです。それが三人とも、同じような夢を見たんです。いまでも、

「お父さんが、みんなのとこへ帰ってきたんじゃなあ。みんな心配しょうたけん帰ってきたんじゃなあ」

いうて話ぅするんです。

それから、今度遺骨が帰りましてなあ、ところが、どうしても、お父さんが庭の口ぃ立てっておる夢を見るんです。泣きょうたとか、笑うたとか、とにかく庭の口から入らんのです。

ほいで、骨箱の中ぁ開けて見ゅうやいうて、兄弟三人だけで骨箱を開けたんです。そうしたら、灰が状袋（封筒）へ一杯入っとった。灰ばっかりでした。

お父さんがだめじゃいうのが最初分かったのは、八日か九日だったと思うんです。

兄貴が─私は九人兄弟でした─警察の関係で広島へおったんです。それが、「お母さん帰りました」

いうて八日か九日に帰ってきたんです。靴はぼろぼろ、帽子はぼろぼろ、とにかくぼろぼろでした。

家の者は広島が大事《おおごと》だとは一つも知らなかったん。兄貴が、

「お母さん、お父さんはどこへおるん」

いうけえ、お母さんが、

「何ぅ武志ぁ言ようるん。お父さんはあんたのところへ行っちゃったろうが」

いうたら、兄さんが、

「お母さん、何ぅ言ようるん。広島ぁ大事じゃ。とにかく丸つぶれで。お父さんはどこへ行ったん」

いうから、行ったところをお母さんが言うたん。

「そりゃあ大事じゃ、お母さん、とても生きた者ぁおらんのじゃが、わしらも、ちょうどあの日は、たまたま炊事軍曹（炊事当番）に当たり点呼に出んで炊事場の方におったから助かったんじゃ。がれきの下から、屋根を破って出してもろうたぐらいのことで、

屋根を破って出してもろうたら、もうまわりは火の海でどうしようもないんじゃ。へえで命からがら逃げて帰ってきたんじゃ」

いうた。

「とにかく広島が大事じゃったいうことだけお母さんに様子ぅせにゃあいけんけえ思うて戻ったんじゃ」

いうて、それから家の者やまわりの者は大事になって、元気な男の者は全部広島に捜しぃ行こうということになって行ったんです。

上領家《かみりょうけ》（甲奴郡総領町）から甲神部隊で六人行っとったが、中田さんが病院に収容されておっただけで、他の者はどこへ行ったか分からなんで、それで知らせてくれたんです。その知らせがあった前の晩に夢を見たんです。

「親は（墓に）苔が生えるようになれば思い出す」

といいますが、死んで四十何年になるのにいまも思い出します。

• 一九八九年、広島県上下町有福、貞丸サカミさん（一九三三年生まれ）より聞く。

13　軍服で帰ってきた夢

私ぁ新庄（新庄村）におらずに大阪におったんです。

ほうしたら、富士山に登りょうたら、富士山にもっていって、ざあーっとしぶきがかかってなあ、前へもどねえにも行かれん。上がれもどねえもすりゃあへんのです。

まあ、おかしな夢を見たなあ、何か変わったことがなけらにゃあええが思うとったんです。そうしたら、兄がその時に戦死の日だったんです。公報が来て分かったんですが。兄は北支（中国北部）の白山で戦死したんですが、知らせてくれたんですなあ。

せえから、ずうーっとたって、新庄に帰ってから夢に、軍服ぅ着かえて、ガッサ、ガッサ、ガッサガッサ音がするんです。家の前を上がって来て、

「あんた戻ったん」

いうて私が言うたら、

「うん、戻ったけど、まだ行かにゃあいけんけえのう」

いうて、下へ下《しも》へ、下へ下へ出て行きましたがなあ。せえで、その日が、赤柴部隊が日本に帰った日だったんです。


いまの私の主人が、兄と同じ赤柴部隊だって、こっちぃ帰ったときに墓参りしてくれて、赤柴部隊が日本に帰った日だったいうことが分かったんです。

・一九八五年、新庄村茅見、高島富志恵さん（一九一七年生まれ）より聞く。

注　赤柴部隊　連隊長赤柴八重蔵大佐に率いられた岡山兵舎の歩兵第十連隊の通称。日中戦争が始まった直後の昭和十二年八月八・九日、姫路第十師団に属して岡山を出発、十四年十月中旬まで約二年間、中国各地を侵攻、部隊にも多数の犠牲者を出した。白山への侵攻は十三年三月十日ごろ行なわれた。

14　墓を掘る夢

兄（小豆沢一男）が戦死したのは、昭和十九年十一月だったと思いますが、中支（中国中部）の湖南省ケイタク県で戦死したんです。そのころ私は、北支の洛陽のあたりに行っとりました。

そこでちょっと変な夢を見たんです。うちの墓ぁ掘った夢を見たんで、おかしいなあ思うたんです。

昭和二十一年四月に私は復員して、兄の戦死の知らせが役場から入ったのが五月でした。戦死した時を知って、あの夢を見た時じゃったかなあと思いました。

・一九九四年、神郷町下神代、小豆沢勲一さん（一九一九年生まれ）より聞く。

15　夢に現われる弟

私が海軍で出て行くいうのが、結局体が弱かったから軍隊へ正式に入れなかった。せえで学校の教員をするような者が、軍隊に入らん、軍人にならんということは非国民と言われても仕様がない。それで自分から進んで海軍の軍政官を希望したんです。

せえで海軍に入って、その時に弟が召集されて行っとったんです。朝鮮に召集されて行っとったのに、それがフィリッピンへ転属になっとりまして、僕がフィリッピンのマニラに上陸したときに、そのときに自分の弟がそのへんにおるとは思わんもんですから、倉敷の教え子の親がおりゃあせんか思うてねえ、

「倉敷の人はおりませんか」

いうことを言うて、倉敷の人はいなかったですけど、そのときに僕が金光（金光町）の

人はおらんかと言えば、弟に会えとったんですけどねえ。

弟はその部隊におったのに、そこまで行ってよう会わずにしまいました。

フィリッピンがつぎつぎに陥落していくときに、弟のことが気になって、私自身が捕虜にだけはなってくれなという気持ちを持っとりました。

夢に出てくるんですわ、弟が。

「兄貴、心配すな、私は二階級特進じゃ。決して捕虜になんかなりゃせん」

と。それが、その夢が、弟の戦死したときと合致するんです。

弟は陸軍でレイテ島で原田隊の指揮班におったのじゃ。昭和二十年七月十五日に死亡したというて公報では来ている。

・一九九五年、金光町占見、山田満美さん（一九一九年生まれ）より聞く。

16　枕元に立つ

二人の兄が戦死しとるんですけど、沖縄とビルマに行っとって。
沖縄に行っとった兄が死んだとき、お母さんが夢の中で、枕元に息子が立っとった。
そんな夢を見たら戦死しとった。夢を見た日に戦死しとった。
遺骨が帰ってきたら紙切れしか入っていなかった。

・一九九五年、金光町地頭下、小橋京子さん（一九三一年生まれ）より聞く。

17　手伝いに帰る

昭和十七年の秋、晩秋蚕を飼っていたころのことです。夜、寝ていて夢の中で桑の葉を摘んでいたら、主人が帰ってきて、

「お前が毎晩苦労しているので手伝いに帰ってきてやったよ」

と言ってくれたので、「ああ、よかった」と思ったとたんに、目が覚めた。主人の姿はなく、これは夢だったかと思いました。

その時が戦死の知らせで、昭和二十三年秋に戦死の公報があり、夢を見たとき死んでいました。

・一九九三年、柵原町、B子さんより聞く。

18　寝床まで赤土

私が聞いた話です。

婿さんが出征して、ある夜、奥さんが寝とったら婿さんの夢を見たので、ぱっと目が覚めた。それで見ると、自分の寝間のとこへ、上がり端《はな》から、ずうーっと座敷ぅ伝うて寝間まで赤土が伝うとったいうて。

その日に、婿さんが戦死しとったいうて。

・一九九四年、金光町地頭下、塚村信子さん（一九二四年生まれ）より聞く。

19　おなかが痛む

私の父（奥田博）が戦死した晩に、私のおじ（父の兄）が、おなかが痛くて、一晩中起きて、いろりの火を焚きながら、

「博は戦地でどうしょうるかなあ」

思うて、寝ずに起きとった。

あとから考えてみたら、その日に戦死しとった。

・一九八九年、広島県上下町国留、奥田トキワさん（一九三二年生まれ）より聞く。

20　キジの姿に

天王《てんのう》さん（牛頭天王《ごずてんのう》を祀った社、除疫神）いうて、上熊谷（新見市）の山の高いとこにお宮さんがあったんです。霊験あらたかなお宮さんじゃいうんでねえ、みんなお籠《こも》りしたり、お参りしたりしょうりました。

その天王さんへ、母が兄のお参りに行っとったわけなんです。そこへ行っとったら、つい前をキジが手を出しゃあつかまえられるような足元へ来たいうんです。せえで、こりゃあつかまようか思うて、手ぅ出しかけたんじゃけど逃げんかったいうんです。せえで、待てよ、これをつかまえたら自分の息子が死ぬるかもしれんいう気がしたいうんです。へえで、つかまえることはようしなかったんです。こうして追うてやったら、下へコソコソッと逃げたいうんです。

へえから、お参りして帰って、父にその話をしたんでしょう。

「えらいことがあったなあ」

いうような話から、不思議に思っていたんだそうです。そうしたら、それからずっとたってからですけども、戦死の公報が入ったんです。へえで勘定してみたら、ちょうどキジに出会うたのは兄が戦死したころじゃなあいうて話したそうです。

兄は富谷太郎といって、昭和十八年の終わりごろ東支那海で船と一緒に戦死したということです。輸送船に乗っていたんです。

・一九九四年、神郷町下神代、林フクミさん（一九二〇年生まれ）より聞く。

21　ワニになって帰る

私の父、丸山世起男は、昭和十七年九月五日、ニューギニヤの戦闘で行方不明になったということです。

昭和十八年の夏、家の前の川の少し上流にある渕《ふち》で、妹の弥生が友達と水浴びをしていた時のことです。妹は一年生で、友達は二、三歳年上だったと思います。妹だけが先に川の中に入り、友達は岸にいました。その友達が、突然大声で叫び、真剣な顔で家にとんで帰って来て、妹の名前を叫び、

「ワニが、ワニが弥生さんの背中にさばりついて危ない。ワニが弥生さんの背中にさばりついて危ない」

と言ったそうです。

家には祖父と母がいて、すぐに祖父が走って行き、母もあとから行って、そのあたりを探し回ったのですが、何もいた様子もなく、妹はぼうーっとして立っていたそうです。

そのとき妹は放心状態のようで、何も知らず、何も見ていません。友達の話によると、大きなワニが渕の深いところから出て来て妹にさばりついたというのです。幼い子どもが嘘を言って大人をからかうわけもなく、山奥の川にワニがいるとは思えず、父は海軍なので海に投げ出されてワニに食われたので、父がワニに姿を変えて家族の者に姿を見せたのだと話し合ったそうです。

私は現在もそうだと信じています。

・一九九四年、神郷町油野三室、丸山美江子さん（一九三三年生まれ）より聞く。

22　位牌が落ちる

　おじはミッドウェーの海戦で死んだんですね、六月七日（一九四二年）、巡洋艦三隈の機関兵だった。

　ちょうど、そのころ田植えじゃった。田植えから家ぇ帰ってみたら、奥の間の位牌《いはい》が転んで落ちとるんです。

「おかしいことがあるもんじゃなあ、位牌が転んで落ちるいうて、何かおじさんに変わったことがなけりゃあええがなあ」

言ようったん。

　そうしたら十何日たったところ、戦死の公報が入ってなあ、せえで日ぅくってみると、位牌が転んだその日だったような。

「やっぱし、人が死ぬる時にゃあ知らせるいうけど、本当じゃったんじゃろうかなあ」

いうて話した。

それよりあとにも先にも仏壇から位牌が落ちたことはない。

・一九九四年、神郷町油野、栗本恒範さん（一九二六年生まれ）より聞く。

注　ミッドウェー　中部太平洋、ハワイ諸島の北西部に位置する珊瑚礁の小島。一九四二年、その沖で日米海空戦があった。

23　仏壇の鉦が鳴る

先谷の原田さんいう家のことですが、戦争が激しくなって戦死の公報がどんどん、どんどん入ってくるようになったころです。

その最中に、なんでも夜中に仏さんの鉦《かね》がウワーン、ウワーンいうて鳴ったいうて。主人が、鉦の鳴る音を聞いて仏さんに参って、

「どうぞ変わったことのないように守ってください」

いうて拝んだんじゃ。

けえども戦死の公報が来て、見たらちょうど鉦の鳴った晩に死んどった。

秋山さんの家でも仏壇に並べてある先祖の位牌がコテーンとかやった（倒れた）。何か悪いことでもなけりゃよいがと思っておったら、公報が入った。子どもがちょうどそ

のときに戦死しとった。沙汰をしたんじゃな。
昔ぁこういう話は、どこにでもたくさんありょうた。

・一九八九年、広島県上下町井永、幸梅人さん（一九一三年生まれ）から聞く。

24　仏間で音がする

世羅町の安田の方です。

戦争中に、家族の人が、いつものようにご飯を食びょうたら、ガタガタいうて障子を開けるような音がして、それから仏間の方でコトンと太い音がした。

「ありゃ」

思うて、何が来たんかなあと思うとった。

それから公報が入って、ちょうど兄さんが戦死しとった、その頃じゃった。兄さんが戻ったんじゃなかろうかいうて話したいうて。

・一九八九年、広島県上下町井永、奥森亥三さん（一九一一年生まれ）より聞く。

25　神棚から落ちる

　昔は、棚をこしらえて、その上に神さんの宮を祀《まつ》っておった。昭和二十年六月、田植えから昼に戻ってみたら宮が棚から落ちとるんじゃ。下の棚はなんでもないのに、相当大きい宮だけが落ちとるん。不思議なことだなあいうて話ぅしたわけです。

　そうして、しばらくたって弟（福田笹雄）の戦死公報が入った。宮が落ちたのは、弟が戦死したけえ知らせてくれたんだなあ、家《うち》ぃ帰りたかったんだなあと思いました。弟は沖縄に高射砲兵で行っとって、昭和二十年六月二十日に戦死したことになっとるが、確かかどうか分からん。遺骨も何も入っておらんで木の札が一枚入っとっただけじゃ。

・一九九四年、神郷町高瀬、福田正一さん（一九〇七年生まれ）より聞く。

26　戦死者の火の玉①

十歳のころのことです。生まれたのは奥津町長藤ですから、長藤であったことです。盆に奥の間の縁側で線香花火をしておったら、東にある山際から一間（一・八メートル）ほど上の空を、大きな赤い火の玉が北に向けてゆっくりと飛んで行ったんです。火の玉は直径五寸（十五センチ）ほどで尾を引き、火の玉の周辺は明るかったです。びっくりして、「ありゃあ何だろうか」いうて聞いたら、父が、

「あの火の玉は、戦争に行って戦死した人が火の玉で帰りょうるんじゃ。ありょう見い、鳥取の方に向けて去《い》にょうる。死んだら、あのえして帰って行くんで」

と言うた。よう覚えとります。

・一九九二年、上斎原村下ノ郷、牧野里野さん（一九〇五年生まれ）より聞く。

27　戦死者の火の玉②

戦争中に聞いた話です。

火の玉がずーうっと飛んで来たいうて。みんなに、

「どえらい、夕べ火の玉が飛んだぞなあ」

言うても、

「そりゃあ知らんで、知らん」

いうて言いなさる。

「うちのもんだけがそういうことを見ゅうはずはないがなあ」

いうて自分のうちで話したいうて。

あとから、やっぱり考えてみりゃあ、うちの子が戦死したんが、その時だったけえ、

火の玉ぇなってうちのもんの目ぇ見えたわいなあいうて話されたのを聞いたことがありますで。

また、夜なかに表の戸をドンドン、ドンドン叩くので、誰かなあ思うて出てみたけど、誰もおらんし変わったこともない。

それからしばらくして、息子が戦死したいう知らせがあって、ちょうど戸を叩いた日に死んどったいうて。知らせに来たんじゃいう話を、この奥の方の人から聞いたことがあります。

・一九九二年、上斎原村石越、石田久さん（一九〇五年生まれ）より聞く。

28　家に入る人魂

私の母（倉敷市玉島柏島生まれ）のおじさんが、日露戦争のおり三笠艦へ乗っとった。少尉か中尉ぐらいのええとこじゃったらしい。大砲を撃つのに距離を定めて砲手が打つのに、そこにおってから、何百メートル着弾いうて距離を言う役目をしょうたらしい。向こうも大砲をドンドン撃ってくる、こちらも撃つししょうたところが、敵の撃ってきた弾に当たって戦死したんじゃ。

せえで、母もまだ結婚する前で、母親と一緒に柏島の家におったところ、夜明け前の二時ごろになったころ、もう夜が明けるんじゃないかなあ思ようたところが、障子がばあーっと明こうなったけえ、ありゃ、急に明こうなったが思ようたら、火の玉、人魂が家の中へすうーっと入ってきて、家の中ぁくるくる三回ほど回ったら、仏壇へ行って、ぽっと仏壇の中ぇ入って消えた。

ありゃ、いまなあ何じゃったんじゃろうか思うておった。

そうしたらのちに戦死の公報が入ったんじゃ。死んだ日が火の玉が入った時と同じじゃった。

・一九九七年、金光町大谷、河手清高さん（一九一九年生まれ）より聞く。

注　三笠　日本海海戦での連合艦隊の旗艦。排水量一万五一四〇英トン。速力一八ノット。三〇センチメートル砲四門などを備えた。

29　軒にいる火の玉

明治三十九年（一九〇六）に、私のおじの太田松五郎というのが、兵庫県の高砂の陸軍病院で病気になって死にましてなあ。

こちらでは、向こうから危篤という電報が入りましたから、祖母は早速向こうへとんで行きますしなあ、大勢集まりまして平癒の祈願をしょうたんじゃそうです。ちょうど私方から一軒だけはだめた（間をおいた）ところに太田小春さんいうて、おばさんがおりましてなあ。

そのおばさんが話してくれますのになあ、見舞いに来にゃあなりませんから、うちぃ来たんじゃそうです。そうしたら軒のところを火の玉が、それはずうーっと尾を引いとった言ようりました。軒のところを行ったり来たり、行ったり来たりしょうりまして、

「ありゃ気の毒に、みんな平癒祈願をしょうるんじゃけども、松つぁんは、はや戻っとられるが」

と思うたいう。

そえでも、そりゃあ言わりゃあせず、黙って入って見舞いを言うて帰った。その時におじさんは死んだいうて。

・一九八〇年、長船町牛文、太田享次郎さん（一九〇九年生まれ）より聞く。

30　盃が割れる

大谷東（金光町）いうとこに二郎さんいう人がおりまして、入営の前に簡単なお祝いを、送別会をしますらあ、近所の人や親戚の人で。

そのとき二郎さんの持っとる盃じゃったか、献杯しようとした盃じゃったか知らんけど、がっと割れた。「こりゃ不吉ななあ」言うとったら、その人は戦死した。せえで、みんなで、

「入営のとき盃が割れたけんなあ」

いうて話したんじゃ。

・一九九四年、金光町須恵、青木敏夫さん（一九二二年生まれ）より聞く。

31　負傷の知らせ

私が海軍に行ったのは昭和十八年一月十日で、呉に入ってから大阪海兵団に行った。海軍補充兵の第一期でした。そこで三か月、百日間の教育を受けて、すぐ戦地のトラック島からラバウルへ行った。十八年六月でした。

それからソラモンの近くのブイーンから転進（退却）することになった。漁船の徴用船で、三百トンほどの小さな船で一個部隊が乗っとった。

転進しようとしたとき、敵機が来て機銃掃射を受けた。右舷におって、「伏せ」ということで伏せたんですけど、三人が重傷を負い、他に軽傷者もあった。私と三人並んどった一人は腰のところを打ち抜かれてすぐ死んで、私の隣の人は大腿部をやられて手当をしなかったので出血多量で死んだ。

私は十五ミリ機関砲の破片がはね返ってきて指のところに当たって重傷だったが助かった。

それから大きな船に移って、ケイカという所で三艘の船が敵のグラマンにじゃかじゃかやられて、船が火災になって破裂するということで、船艇に助けてもろうて私は陸軍の野戦病院に入った。

それからラバウルの赤十字病院に入って、九月二十何日かにラバウルを出ることになっていたが、敵機襲来で、ドンドン、ドンドン、爆弾にやられて、船団は全滅した。さいわい私が乗っていたのは病院船だったので向こうも当てなかって助かった。内地に帰る途中の船で、十月二十四日の晩、おじのことで気になる夢をみた。船からで通信ができず、上陸して海軍病院に入ってから「おじのことが気になる」という手紙を家に出したところ、「おじは十月二十四日に死んだ」という返事がきた。

家に帰って来てから、死んだおじが「薫はもう戦死した。覚悟せえ」と言うたことがある。それが〇月〇日じゃったといっていたと話を聞いた。私がちょうど負傷した日だった。知らせというものがあるものだと、不思議に思った。

・一九九三年、柵原町吉ケ原、江見薫さん（一九一五年生まれ）より聞く。

注　トラック島　カロリン諸島の島。ラバウルは、パプア・ニューギニアのニュー・ブリテン島にある港湾都市。太平洋戦争中、日本海軍の基地だった。

二、戦場で助かる

32　お守りが身代わり①

私は昭和十三年六月に将校に任官したんです。ところが、戦争が始まっていましたから、学校の配属将校が戦地勤務となり、留守になったので、配属将校の募集がありました。補充部隊の部隊長が、

「お前、配属将校にならんか」

言われまして、私は、

「男兄弟一人で、家があるので特別志願してまで…」

と断ったんです。すると部隊長が、

「お前は除隊したとしても青年の教育が待っとる。配属将校も同じように若い者を教育するんじゃ。仕事に相違はない」

と言われたが、それでもぐずぐず言うと、

「非常時じゃ。非常時を何と心得る」

と言われ、非常時には抵抗できず、特別志願して配属将校になりました。足かけ五年やりました。

そうしたら十八年三月一日付で、中隊長になって野戦に行くことになりました。おやじが、野戦に出たら危ないというので、

「これを持って行け」

いうて、たくさんのお守りを渡してくれたんです。

あまりたくさんでポケットには入らず、背嚢《はいのう》では尻に当たるのでもったいないし、弱って、鉄かぶとのてっ頂のすき間に入れて、野戦で中隊の指揮を取ったわけです。

昭和十九年八月、沖縄本島の守備に回されまして行きました。二十年三月末に米軍がやってきまして、沖縄戦になったんですが、私の所属する六十二師団は、その玄関番をやったわけです。私は師団司令部付きで管理班長をやっておりました。六月十二日、師団長が軍司令部のある摩文仁に行くことになったんで当然、陣地の偵察には管理班長が行かなければならんのです。ところが、急に高熱が出て、四十度もある熱で動けず、尾

形中尉が私のかわりに出かけました。尾形中尉は出かけたまま様子が分かりません。

私は熱で寝ているのに師団命令で残留部隊の指揮を命じられました。それから熱が下がって、鉄かぶとをかぶろうと思ったところ、鉄かぶとの中のお守りがないんです。私の枕元にちゃんと掛けておいてなくなるはずがないんです。どうも不思議で仕方がありませんでした。

それから終戦になって、お守りが私の身代わりになってくれて命が助かったのじゃ、本当なら死んどるはずじゃと思いました。

さて、私の留守に、戦争が終わって、たくさんの人が引き揚げてくるんです。

「沖縄戦は全滅じゃから茂市はやられとる。もうおえんぞ（だめだぞ）」

いうて家族の者は、みんなが戦死しとると思うとったんです。ところが、信仰の厚いおやじは、ひょっとしたら無事かもしれんと思うて神様を拝んどったのじゃ。津山の大谷に石山様というお寺で御祈祷の上手なとこがありまして、おやじが、

「わしの息子は沖縄へ行っとるが戦死か無事か御祈祷してつかあさい」

と言うて行ったんじゃ。一生懸命拝んだそうな。

「なんと、梶尾さん、あんた方の息子さんは戦死というしるしが出ませんで」

と言うたそうです。

こういうことがありましてから、私が帰ったわけですが、よう当たるいうておやじは言うとりました。

・一九九三年、柵原町小瀬、梶尾茂市さん（一九一四年生まれ）より聞く。

33　お守りが身代わり②

明治三十七、八年の日露大戦中（一九〇四〜五年）の話です。

私の父（昭和四十三年死亡）も、日露戦争に出征、大国ロシアを相手に激戦を繰り返していました。

奉天大戦（一九〇五年）、敵の弾丸は文字通り雨あられの如く飛んで来る双方の夜襲攻撃のときです。父の前列にいた戦友が、突然頭部貫通で卒倒し、その瞬間、そのあとに続く父の目の前に、ピカッと金の御幣が現われた思ったら、戦友の頭部貫通の弾が父の銃身に命中しました。銃は破損しましたが、父の命は助かったのです。もし、敵の弾が銃から五ミリと離れていたら胸部に命中したでしょう。

現われた金の御幣は、人を助ける金毘羅様に違いない、金毘羅様のおかげで助かったと、懐に持っていた金毘羅様のお守り札に触れてみると、どうしたことか、お札が二つに割れていたということです。身代わりになってくれたのです。父はそれから死ぬまで、二つに割れたお守り札を肌身離さず持っていました。

・一九九三年、柵原町飯岡、秋山勇さん（一九一〇年生まれ）より聞く。

34　お守りが身代わり③

戦争中、太老《たろう》神社（金光町上竹）のお守りを鉄かぶとの中に入れていた。敵の弾が鉄かぶとに当たったが、お守りのところから周囲を回ってうしろに逃げていた。お守りのおかげで助かった。

戦争中には、出征兵士の無事を祈って、太老神社の籠堂に籠った。

・一九九五年、金光町占見、唐川節夫さん（一九一二年生まれ）より聞く。

35　お守りが身代わり④

戦争中は太老神社のお参りも多かった。

出征するときには、太老神社で安全祈願をしてくれいうて、ご祈念をしてもらってお守りをいただいて帰る。

出征して鉄かぶとの中にお守りを入れとった。あるとき、前線で敵の弾を頭に受けた。ところが、その弾が鉄かぶとの前に当たったが貫通しないで、くるっと横に回って出てしまい、命が助かった。

弾がお守りのところで横に回っておったのだ。

・一九九五年、金光町上竹、桑野正之さん（一九〇七年生まれ）より聞く。

36　千人針の助け

千人針は鉢巻きがわりに頭に巻くうたり、鉄かぶとの中へ入れたりしてやりょうったんですが。腹ぇだき巻いとったら温《ぬく》うていけんけえ。

赤柴部隊で北支（中国北部）の馬廠いうとこで戦闘があったんです。砲弾を撃って、そこへ歩兵が攻めて行くんですが、敵はすぐに逃げて次ぎ次ぎに占領して行ったんです。でも弾がある時には小銃を撃ってきます。

私は初年兵でしたが、隣の分隊の戦友が鉄かぶとに千人針を巻いとったんです。戦闘で弾が真正面から当たったたんです。鉄かぶとに穴が開《あ》いたんですが助かったんです。どこへ弾が行ったたか調べてみたら、千人針の間をくぐって、いくつも穴を開けて抜けとったんですが。

「やっぱり千人針のおかげじゃなあ」

いうてみんなで話しました。

・一九九四年、神郷町油野、金田昇さん（一九一七年生まれ）より聞く。

注　千人針　一片の布に千人の女が赤糸で一針ずつ縫って千個の縫玉を作り出征兵士に贈り、武運長久、安泰を祈ったもの。

37　鉄帽をかぶっていなくて助かる

支那事変（日中戦争）がちょっと一段落して、リュウヘイいうとこに駐屯しとったことがあるんです。リュウヘイから北に匪賊《ひぞく》が出たからいう知らせを聞いたら、すぐ討伐が出とったんです。討伐に出るのは、トラックで行くんです。トラックの前に鉄帽を脱いでくくりつけとるんです。

あっちこっちぃながめながら、

「敵はおるらしゅうない」

「あの部落に二、三人ちょろちょろしょうるぞ」

いうことを車の上から連絡しぃしぃ行くんですが。

ところが、バリバリッとやってきて、

「こりゃあ大きいぞ」

いうて、とんで降りたんです。降りて中ぇ残っとるもんが機関銃をやっこらさと降ろしたんです。降ろすと同時にガーンときたんです。鉄帽はトラックの柵《さく》ぃくくりつけとるし、なんにもなしにせつじゅう部貫通いうて、二つ穴があいたが命拾いだけはした。鉄帽をかぶとったら、弾が中へ入ったら回うて、頭ぇ穴があくそうです。

「金田、鉄帽かぶっとらんでえかったなあ」

言われた。

赤柴部隊におったんです。

・一九九四年、神郷町油野、金田昇さん（一九一七年生まれ）より聞く。

38　信心で助かる

僕が海軍の軍政官になるとき、親を説き伏せるのに、

「千人の中一人事故で死ぬるもんもある。千人の中の九百九十九人死んでも一人生き残る場合もある。そのときの一人になるかも知れず、家におっても千人の中の一人になるかも分からん。お母さん、あのときに死んだ思やあ（小学校四年生のときジフテリアにかかる）そう心配しなんな。僕ぁ簡単に死なん」

いうようなことで出て行ったんです。

そうしたら昭和十九年六月十七日、呉（広島県にある軍港）を出るときに、十五隻《せき》船が出たんです。十五隻船が出て、私が乗った船が衣笠丸いう輸送船なんです。衣笠丸いう輸送船は、ほかの船とは違って、その船だけは爆雷を積んどるから救命袋をくれんの

です。もう船へ魚雷でも当たったら、もう轟沈《ごうちん》だと、あの世に行くんじゃからそういうものはいらんと。えらい船に乗り込んだもんじゃなあと思うて出て行った。

今度は門司を出たら北へ北へ進むんですなあ。こりゃえらいこっちゃなあ思うておったら、向こうの潜水艦に追われて済州島の方へ逃ぎょうるんです。せえから、また、次の日に方向転換して南に下りだしたんです。台湾海峡で、また向こうの潜水艦が来るというので、今度ぁ台湾海峡を、台湾の東側を抜けましてねえ、へえで六月二十二日にマニラ湾に入ってきたんです。

もうここで安心だと、ちょうど二十隻ほどの船艇に守られて行っとったんですけどねえ、そうしたら潜望鏡が上がって、日本の潜水艦の潜望鏡だとみんな思うとりますから、甲板で、「万歳、万歳」言ようたら、「来敵じゃ」言うので、アメリカの潜水艦ですわ。せえで前の船が沈められ、うしろの船が沈められ、せえで、私どもも、こりゃこれでおしまいじゃなあ思うたらねえ、やっぱり甲板の上で足が震うて、甲板の上が歩けんのですわねえ。たとえすぐ死ぬるんじゃと思っても。

しかし、船の前もうしろも、まわりはみんな、甲板におった日本の兵隊が、みんな泳ぎょうるんですわなあ。

そうすると、爆雷を落とせば潜水艦を沈めることができるけど、みんな日本兵が死んでしまうんです。泳いどる人間が。そこで機関銃で潜水艦をねろうて撃ちょうるんです。潜望鏡に当たってもねえ、まともに行ったものは通るけど、当たったらキュー ッ、キューッと逃げるんです。海軍は曳光弾《えいこう》いうて、何発かに一発光を伴う弾を撃つわけです。せえですから分かるんです、当たっても穴が開かんのが。

こりゃえらいこっちゃなあ、これでおしまいかなあと思うとりましたらねえ、僕らの船だけは沈められずに、十五隻のなか、インドネシアのジャワ島のスラバヤ（ジャワ島東北部の港湾都市）まで入ったのは、僕らの船が一隻だけじゃった。六月末のことです。

せえから僕ぁマラリヤで熱を出しとって、大抵防空壕へ入るんです。ところが、あんまり熱が高いから、もう防空壕へ行くよりも、ここで爆弾で死んでもええわあいうぐらいでおりましたらなあ、そうしたら使用人が、

「まあ、早う防空壕へ入らにゃあ、今日は爆撃が激しいぞ」

と言うもんですからねえ、

「ああ、ほんなら大儀なけど防空壕まで行こうか」

言うて、防空壕に入ったらねえ、防空壕の上の土砂が落ちるぐらい。ありゃ、こりゃあ

近くに落ちたなあ思うて、今度空襲がすんで、それから自分の部屋へ行ったら、自分の部屋ぁばあーんとやられてしもうとったんじゃ。思わんところで命拾いをした。

せえから、あるとき、運転手付きで僕らも行っとったけど、運転手が、インドネシアの運転手が、ぱっと車ぁ止めて逃げてしまうんじゃ。えらいこっちゃなあ思うたら、その時にちょうど機銃掃射があって、撃つのは車が走っとったら、その速度を見て、先ぃ先ぃ撃つんですねえ。止まって運転手が逃げたために弾は車の前に、ものすげえ夕立ちのとき、雨だれのはね返りがありますわなあ、そういう状態で、こりゃ機銃掃射じゃったんじゃがな思うてねえ、おかげで助かったんです。そのまま走っとったら自動車はものすごい穴が開くところでした。

僕ぁまんがえかったと思いますし、小学校四年時分からお宮にもお参りし、信心の生活をしとったもんですから、それによって助けられたんじゃと思うとります。

・一九九五年、金光町占見、山田満美さん（一九一九年生まれ）より聞く。

39　明神さんのおかげ

主人の姉が新見の高尾に嫁に行っとるんです。昭和二十年、原爆が落とされて、広島へ原爆のあとへ行って灰をせせった（さわった）らしいんですが。親類の人がそけぇおられて、大きな旅館をしょうられたいうて。へえで大事なもんがあるからいうて、「掘ってみてくれ。何か残っとるかもしれん」言われて、原爆じゃいうことの知らんから行って一生懸命掘ったんじゃそうですが。そうしたら結局、その灰を吸うたことで、昭和四十年ごろから病気が出だして、あっこが悪い、ここが悪い言ようたんです。そうしたら十年ほど前に大患いをして、長う患いましたけんなあ、ほんに死ぬるじゃろうかなあいうて。そうしたら夢に、ここの上の明神《みょうじん》さん（美保明神か）が頭の上へ降りて来て、

「あんたぁ元気にしちゃるけえなあ」

言うてくれちゃったいうてなあ。そうして、すうーっと行かれた。せえから元気ぃなっちゃったんですで。せえで、こっちに来たら明神さんへずっと参るんですが。

「私ぁ明神さんのおかげで助けてもろうた」

いうて言いました。

・一九九四年、神郷町下神代、赤木里代さん（一九二三年生まれ）より聞く。

40　お大師さんの導き

ニューギニアのパプア島でのことじゃ。私は衛生兵じゃから、患者を連れて隊包帯所へ行く。敵の歩哨線を通って行くわけだから、一つ道を三人通ったらいかん。どういうことなしに別れて通れよと指図をして行く。行きは薄暮で出て行くんだが、帰りになったら一人です、私が。一人で隊へ、陣地へ帰らにゃあならん、患者を置えてえて。帰る途中にねえ、時々迷うことがある、いろんなことでねえ。スコールに遭うたとか、なんとかいうときに、こりゃ間違っとるでということがある。

あるとき帰る道が分からんようになって、今動いたらとんでもない方向に行くと、進退きわまるいうことがあった、時々、敵の通る音が聞こえるいうような、危険な場所におるわけです。

それがとっぷり日が暮れて、まっ暗な時にです。こりゃ動いたらいけんいうので、銃を抱えてじっと時間待ちをしとった。そうしておると、やはり疲れておるので、うとうとっとした。

「ありゃ、わしゃ寝とったかなあ」

と思うて、ちょっと目を覚ますと、向こうの方にぽっと灯が見える。

ありゃなんの灯だろうかなあ、変わったもんの灯でもない、ローソクの灯でもない。一応、あれぇ近寄ってみるのがよかろうと判断して、のっこり起きて、その灯を目標にずうーっと近づいて行った。その間にも、かって通った道はないかと見ながら行くわけです。

しばらく行くと灯が見えんようになる。おかしい、灯が見えんようになるということはおかしい。そこでしばらく立ち止まっとると、また灯がぽっと見える。それをずうーっと頼りに行くのじゃが、追えども追えども灯が近うならんわけやねえ。

こりゃ、なんぼう歩いて来たじゃろうか、相当歩いた感じがする。こうしとったら、どこへ出るやら分からん。あの灯も見え隠れするのは不思議じゃし、あれだけ歩いても近づけんいうことは何かがある、腹ぁ減るし、もうしんどうなってきて、あれにだまされたらいけん、ここで寝ようと判断して寝たわけです。

夜が明けて、ここはどこじゃろう思うておると、何かことこと話し声が聞こえる。こりゃ敵さんの中かな思うて、じっと聞き耳を立てて聞くと日本語を話しょうる。見りゃ、もう五、六メートル行きゃ自分の陣地です。そこへ帰っとった。そういう不思議があった。あの灯は何か、いろいろ考えるのに、弘法大師の灯じゃと思うんです。それが助けてくれたんじゃと。

私は十七で親に別れて、みなさんに世話になったんじゃが、短気で喧嘩があると、その一人は自分じゃった。ある時、豆腐屋のお婆さんが、

「あんたぁかわいそうな。気は短いし喧嘩ぁようする。あれじゃいけん。ひとつ信心を教えちゃる」

いうて、私ぁ相手にしなかったんじゃけど、お大師さんの金仏ぅくれて、いろいろ信心することを教えてくれた。それからあんまり横車ぁ押さんようになって、お大師さんに感化したんじゃな。そのお大師さんが導いてくれたんじゃと思う。

• 一九八九年、広島県（備後）、Aさんより聞く。

41　母の守護

私の義兄ですわ、誕生寺（久米南町）の志茂利巳ですが、私の姉が嫁いどったんです。それが動員で支那（中国）へ渡ったんです。一一〇連隊の歩兵で、分隊長として占領地を警備するのが任務だったんです。

それで討伐いうのがあるんです。しょっちゅう出かけるんです。宿営地から隊を作って敵地へ出かけるんです。それで、どうも夢見が悪かったり、気分がそわん時には、なんじゃかんじゃいうて討伐隊に入らなんだ。古参兵ですからやれるんです。

義兄が行かなんだ時には、大体、負傷者が出たとか、戦死が出るとかしたという。これが不思議じゃった言ようた。

もう一つ不思議なことは、義兄は討伐に出て行く途中で小休止があって、休んで、つい寝てなあ、部隊がどっちぃ行ったか分からんようになったことがある。真っ暗いところで灯はともせんから、どっちぃ行ったか分からん。その時、死んだ母親が出てきて——岡山を出る直前に母親は死んで、送りに帰らせてもろうて、送りをしてから野戦に出たんです——道を教えてくれたんです。道が二股道になっっとって、左か右か分からん。困っておると、死んだ母親の姿が見えて灯ぅとぼえた（ともした）いうんです。そっちだと思うて行ったら。ええ具合に部隊に追い付いたいうんです。母親が守ってくれたんじゃいうて話しておりました。

・一九九三年、柵原町小瀬、梶尾茂市さん（一九一四年生まれ）より聞く。

三、予言

42　とじ話

　戦争中に、とじ話いうのを聞きぃ行きました。親がなあ、淀江（鳥取県淀江町）へ歩いて行ったんです。そりゃあ、みんなで行ったんですわ。おにぎりの中ぇ梅干ぅ入れてねえ、負うて淀江まで行きました。

「うちの子はどうかなあ」

いうて聞きますと、ほかはなんにも言わんのに、拝む人が女の人で、

「『苦しいけん水ぅ飲ましてくれえ』いうたら、その時にゃあ水ぅ飲ましてくれえ」

いうて最初に言われたいうて。

　そうしたら、やっぱり長男は長男で、

「お父《と》っつぁん、お母さん、すまざった（すみませんでした）。先立ってすまざった」

いうて、豊いうのが三男ですけんなあ、

「豊ほだぁなあ（だけは）守《まぶ》ってやるけえ、豊だきゃあ元気に帰《かや》すけんなあ」

いうて、その人が言うちゃったいうて。

へえから二番目の定雄ぁ、

「おりゃあ早まった。お父っつぁん、お母さん、がんばってくれえなあ。豊ぁ守るけんなあ」

いうて、二人同《おんな》じことを言うても、豊いうもんがおるでゃあなんでゃあ（いるかどうかは）拝む人ぁ分からんのに驚えたいうて話しょうりましたが。

近所の人も、そのことを言われたですわ。淀江にみんな聞きぃ行ってねえ、

「豊ぁ死んだいうて話があるけど、定雄や重正が守っとるけえ帰ろうで」

いうて、親は言ようったんですわ。

そうしたら、戦後、とんでもない時に帰って来ました。家の前で麦ぅ刈りょうりました。そうしたら、よう遊びぃ来る長四郎いうお爺さんが向こうの道から、

「佐持ー、佐持ー、若いもんが帰ったぞー」

いうて、

「途中で人に会うて話ぅしょうるけえ、早いことにならんけえ、わしが様子ぅ言うて上

がってやった」

いうて。また、あのお爺さんが何こそ言うだわい思うとりましたら、本当に帰って来ました。昭和二十一年です。

・一九九四年、神郷町高瀬、四木信恵さん（一九二八年生まれ）より聞く。

43　不動様のお告げ

玉島（倉敷市）の亀山の不動さんには戦争中に、たくさんの人が参っておった。

ある人が、自分の一人息子が出征したので、心配して不動さんで拝んでもらった。

「私の一人息子ですけえ、無事におりますかいなあ」

いうて頼んだらしい。そうしたら、

「世話ぁない、もう出ることはない。教えることになるけえ世話ぁない」

いうて言われた。

あとで聞いたら、あとから来た幹部候補生の教育ばっかりやりようたいう。結局教えることだった。不動さんの言う通りじゃった。

千島に行っとるときに、

「どがんとけぇ（どんな場所に）おるんだろうか」

言うて拝んでもろうたら、

「とにかく薮の中におる。薮の中へおる」

言われた。

　帰って来て聞きましたら、

「われわれは天幕を張って、ハンの木の林の中におった」

言うた。そうしてみると、不動さんの言うことは合うとるんか思いました。

・一九九五年、金光町下竹、河上貞さん（一九二〇年生まれ）より聞く。

44　石鎚様のお告げ

赤木平太は石鎚《いしづち》さんを信仰していた。戦争中に息子の謙二が出征したが、敗戦になっても帰って来ない。他の者は次々と帰って来たが謙二だけが帰らないので石鎚さんを拝んだ。すると、「○月○○日○時ごろに帰ってくる」というお告げがあった。その日、うどんと柏餅を作って、外に出てみると、息子が歩いて帰っていた。石鎚さんのお告げは本当だったと話したと。

・二〇〇一年、新見市川之瀬、赤木平太さんより聞く。

注　石鎚さん　愛媛県石鎚山の神霊を勧請した神社、県内各地にある。

45　妙見さんのお告げ

私の主人の惣治は一人息子じゃったんです。それが、父親が、息子が十六のときに死んじゃったんですよ。お婆さん（母＝奥中ひさの）と、その息子の二人暮らしでおったら、そこへ召集が来たわけなんですよ。

ほいで出て行って、お婆さんが五年間いうものを一人暮らししたんですよ。

そうしたときに、死んだいううわさが来たんだそうです。

「まあ一人子が死んでくれて、どういうことじゃろうか。神さんは守ってくれちゃあないんじゃろうか」

というて、神さんに不足ぅ言うて参ったいうて。

せえから、その晩に、昔のこと、炭ぅ焼いとるでしょう。炭ぅ焼いて戻って、庭の隅に俵ぇ入れてすけとった（置いていた）いうて。それが、ピチッ、ピチッ、ピチッと、はじけるような音がするんですと。おかしいなあ、こりゃあ何がおるんじゃろうか。

「ああ惣治、帰ったんか。死んで帰ったんか」

いうて、わざわざ庭ぇ下りて見たいうんです。そうしても他に変わったこともなし、

「惣治、帰ったんなら返事ぅせえや」

いうて言うたいうてねえ。

そうしたら、それぎり炭の音は聞こえなんだいうて。どうもかわゆうていけんもんですけえなあ——お婆さんが生まれたなあ府中市の野山いうとこで、あっこに妙見さんいうお宮があるんです。お婆さんが生まれた氏神さんなんです。そこへ月に一回は参っとったんだそうです。

そこへ参って、お太夫さんに拝んでもろうたら、

「死んじゃあおらん。絶対に死んどらん」

いうてくれちゃったいうて。

せえから気が大きゅうなって。うれしかったいうて。せえからよけえ（たいそう）元気ぅ出いて、一人留守番しょうたんじゃいうて。

そうしたら息子が元気で帰ってきたいうて。

・一九八九年、広島県上下町井永、奥中芳子さん（一九二一年生まれ）より聞く。

46　コックリさんの予言

戦争中でしたが、コックリさんを呼んで兵隊に行った人のことを尋ねとりました。

「コックリさんを呼んで尋ねてみゅうか」

いうことで、紙に階段のようなことを書いて、「コックリさん、コックリさん」と呼ぶと、持っている鉛筆が階段のところをたったたったっと来る。コックリさんが来られたということで、いろいろなことを尋ねるんです。

私の兄が中支（中国中部）派遣軍に所属して終戦になりまして、家族がコックリさんを呼んで兄の安否を聞いたんです。

「コックリさん、兄はいまどこにいますか」

と聞くと、鉛筆で字を押さえるんです。

「中支にいる」

「元気ですか」

「入院している」

「何の病気ですか」

「マラリヤ」

「よくなりますか」

「よくなる」

「いつごろ帰りますか」

「来年七月七日」

「ありがとうございました」

いうて、コックリさんに帰ってもろうたんです。

　家族で七月七日を待って、その日が来たんです。まさかと思いながらも待っていると、昼過ぎ、川向こうの舟着場（川向こうの県道とは渡船で往来していた）の道路に復員兵らしい人が立っていると。もしやと思って、

「兄さんかー」

言うたら、手を上げておいでをする。

「わあ、本当に帰って来た」

いうて、みんな大喜びで迎えに出たんです。

家に帰ってから兄に聞いたら、入院もマラリヤも本当で、帰る日もぴったりと当たった。

それで早速コックリさんにお礼をしなければということで、コックリさんは小豆ご飯が好きだと聞いていたので、小豆ご飯を炊いた。

コックリさんを呼んで、小皿に小豆ご飯を供えて、お礼を言って、

「小豆ご飯をおあがりください」

と言ったら、コッコッ、コッコッとついて食べられたので、

「ありがとうございました。気を付けてお帰りください」

と言ったら、トントン、トントン、階段をあがって帰られたということです。

これは本当にあった不思議な話です。

・一九九三年、柵原町久木、西田君子さん（一九一八年生まれ）より聞く。

47　蛇が入る夢

わしが、内地ぃ帰る一か月ほど前に、母親が夢を見たいうんですわ。庭の口ぅ（玄関を）大きな蛇が入る。こりゃあ大きな蛇が入る。——うちの母親は蛇ときたら、ものすごうこわかったんです——なんという馬鹿な夢ぅ見てから、蛇が入ってきょうてえ（恐ろしい）、きょうてえ、なんぞええことがあるじゃろうか言ようたら、わしが帰ってきた。夢で知らせたんじゃ。

わしは、二度目は大東亜戦争（太平洋戦争）で南方に行きまして、昭和二十一年二月十一日に内地に帰りました。

・一九八五年、新庄村茅見、中山義照さん（一九一〇年生まれ）より聞く。

48　位牌が倒れる

休石（柵原町）の森広茂さんは、出征してサイパン島に行っとった。ところがサイパン島は玉砕したと知ったので、家族の者は、こりゃあもう全部生きとらんのじゃけえ、息子も死んどるいうて葬式をしてお祀りをしとった。

ところが位牌《いはい》がたびたびはねかえるばあする。どうもおかしいなあと思っておったら、息子が生きて帰ってきたという。帰って来たのは戦後の昭和二十一年だったと思います。

・一九九三年、柵原町上間、井上公平さん（一九二一年生まれ）より聞く。

注　サイパン島　南洋群島のマリアナ諸島南部の島。太平洋戦争中、日米の激戦地。

49　親友と会える

私が終戦後、日本に帰ってきたときに、神奈川県の久里浜いうところに上陸したんです。久里浜で進駐軍の方が、ほかに帰った人の中に金の延べ棒を持って帰った人がおるというので、それが見つかるまでは帰さんいうて留め置かれたんですわ。そのために私が自分の家に帰るのが遅れたんです。そえから昭和二十一年八月三十一日に許されて、みんな帰ることになって、私が帰るときにねえ、途中、前にいた倉敷西小学校のことが思い出されて、駅で降りて、途中下車をして倉敷西小学校へ行ったんです。

そうしたら、大久保いう先生が、私と懇意な人だったので、私は南方へ行き、大久保さんは満州（中国東北部、旧「満州国」）の義勇軍中隊の中隊長で行ったんです。

たまたまそこへ、学校が懐かしいもんですから寄ったらねえ、そこへリュックサックを負うて向こうから来とる人がおるんですね。よく見れば大久保先生です。学校でばったり会って、昔から仲がよかったもんですけんねえ、その先生と、
「なんと不思議なもんじゃのう。ここで偶然に会えるなんて。僕は先生がおる気がして来たんじゃ」
「私も先生がおられる気がして……」
いうて偶然に会って、それから、またゆっくり話そういうて別れて、私は家《うち》ぃ帰ったんです。家へ帰って、ちょっと家が坂道になって上がりかけたらねえ、上から下りてくる人がおる。家ぇ帰ったら母親が泣き崩れとるんです。

僕ぁ家へ帰るいうて電報も打ってあるし、自分が帰るのになんで母親が泣くんだろうか、迎えにも出ずに思うとったら、僕のすぐ次の弟の戦死公報が入っておったのじゃ。途中で会うたのは、電報を持って来て帰る人と会うたのじゃ。

不思議なことがあるもんじゃ。その日には二つの不思議なことがあった。

•一九九五年、金光町占見、山田満美さん（一九一九年生まれ）より聞く。

50　病気のふりして帰還

兵隊に、私の方が三人行きますし、兄弟二人行かれた家もありますし、若い者はみんな行きました。幸いに私方にゃあ三人帰りましたけど、この村（栅原町宮山西）で十七、八人亡くなられたんです。

死んだら、花と散ってしまわれたんですから、もう音沙汰なしです。何も遺留品としては帰って来ませずなあ。

私の方のは帰って来ましたけど、戦争のことは一口も話しません。

一番上の飛行兵どまぁ、シンガポールへ行っとりました。昭和二十年の四月十九日に出たんです。せえから何の沙汰もなかったんです。もう、こりゃあ戦犯か死んどることか分からんけどいうて、あきらめとったんです。そうしたら二十二年六月二十八日、田植えをしょうりましたら、ひょっくり帰って来まして、それが話しますのに、シンガポールで抑留されとって、病気でいけんいう人は、次ぃ次ぃ病院船で戻しょうたらしいです。せえで、もういけん（病気の人）中にもぐり込んで、じいーっと、こうして屈んどったそうです。剣をもってはねくり返してみたりするが、黙って死んだようなふりをして、病院船へもぐり込んで帰って来たということです。

私の方は、二年も三年も、終戦になってもう戻らんもんじゃ思うて、弟の方へ嫁を取っておったら、ひょっこり戻って来た具合です。三人行って三人とも戻って来のは、私方だけです。

・一九九三年、柵原町宮山西、光嶋千代さん（一九〇一年生まれ）より聞く。

四、戦場

51　人肉を食う

福山の四十一連隊の衛生兵として各地を転戦したのちニューギニアのパプア島に上陸。ジャングルを切り開いてスタンレイ山脈を越え、ポートマレスピーの近くまで行くが、敵軍はいないということで引き返す。ほとんどの兵を失って友軍の陣地に到着。最後の陣地での体験である。

豪州兵とわれわれの陣地が二十五、六メートルぐらいになっとるんですから、歩哨線を向こうに出て、切り込み隊を編成して敵の館へ爆弾なんか仕掛けてやるいうようなことをやりょうたんです。

歩哨が短銃を逆手に掛けて六人から七人連れのうて、巡回歩哨に出ますがねえ。先ぃこっちが見付けたら、ずうーっと引きつけて、銃を持っとる奴の胸を短剣でターンと突き刺したら、もうあとの五、六人は万歳です。じきに手を上げます。

そうようなのは、短銃を取ってバーッとうしろから射つ。壕の穴がなんぼうでもあるんです。どんどん、どんどん、それへ入れて、木の葉やいろんなごみを上へ掛けとく。せえから日が暮れるのを待って支度ぅして、飯盒《はんごう》にメスぅ提げて、天幕のぼろやなんかを提げて行って、ももの方から肉ぅ取って、海岸へ持って出て、飯盒に海水を入れてボイルする。

海岸までは六キロほどあります。何時に行って何時に戻らにゃあならんいうことはないんですから。戦争いうても、もう戦うとかなんとかいうようなもんじゃないんです。ただ、陣地を持って頑張るだけ。ほとんどは病人と怪我人ばっかりです。けえども、そういう者を養うてやろう思うてねえ、はあ上からは持って来ん、海からも上がらんいうようになってきますとねえ、どうしても敵を食うか馬ぁ食うかせにゃ仕様ないですねえ。

自分も食べますわ、結構なもんですよ。だから一日経過しても土の中にありゃ大丈夫です。今度、また行って掘って、ええとこを取って海岸へ持って行って飯盒でボイルするんです。

燃料は、爆撃で枯れた木がいくらもある。スコールに遭うても、すぐに焼け付くような太陽と風で乾く。木をこすっても火は出るし、あらゆる方法で火をつけて、そこで煮る。敵が見ても、服も着とりゃせん、土人と同じですから。日本兵とは思やあせん。

豪州兵の肉ぅ提げて出てねえ、六十人おれば六十切れボイルする。ボイルいうても固くなるほど煮るんじゃない。まあ、ほんに消毒程度。塩水で煮るんじゃから、ええ加減味が付いとる。

「おい、豚じゃ豚じゃ。一つずつじゃ。しっかり食べえよ」

いうて、壕の中で、ふっくく、ふっくしょうる者に配給して歩くんです。

日本の給与いうものはないわけです。タバコもなけにゃ缶詰も尽きてしもうてない。もう二、三日頑張りゃ玉砕じゃいうような段階ですから。


スタンレイ山脈を越えるときも同じじゃった。行きはよかったんですけど、帰りは食べるものが何もなかった。

輜重《しちょう》隊（食料、武器、弾薬などの運搬をする）の役を高砂族、台湾人ですねえ、それと朝鮮から半島人――半島いうて言っとりました――それが一個中隊には必ず一個小隊ぐらいは配備してくれる。これらはクーリー（苦力）いいますか、馬のかわりになってくれるような元気な兵隊なんです。

それを陰に連れて行っちゃあ、同じように食うとるわけです。はあ食料は尽きとるんですから、なんにもないんです。

川の魚を取る。ヤシでもあったら、どんな高い所へでも登って落としてしまう。そりょう全部食べる。パパイヤ、マンゴ、ドリアンいうようなものも、日本の兵隊が通ったら、もうあとには何もないようになってしまう。

それに芋、タロ芋、芋類でも大きな芋は、ツクネ芋です。二人で担ぐようなんがあります。軸たるや直径が三センチ以上のつるが出て、大きなもんです。

ここじゃ思うて、どんどん、どんどん一生懸命掘って、一個小隊、九名が一つ芋がありゃ二日位食わりょうた。

そういうように、とにかく食べることにこれ努める。これが戦争で。ニューギニアの戦争いうものは、そりゃあ地獄といいますかねえ、地獄はもう少しはよい。

死んでいく兵隊が、みな、「天皇陛下万歳」なんじゃと勇ましいことを言いますけど、決してそういう者ぁおらんですねえ。「お母さーん」いうのが一番ですわ。直撃なんか受けても「お母さーん」いうてねえ、母親を一番に言う。おやじとは言わん。

勇ましゅう笑うて死んだことのいうような者ぁおりゃせんですねえ。あれは、ただ教育のために作られたもんですねえ。

とにかく病気、そしてハイ（ハエ）との戦い。もうちょっと油断したらウジが食い込んでくる。

「ハイだきゃ追ええよ」

と言やあ、

「はい」

というてええ返事はしてくれるんだけど、それがでけん。それだけ衰弱してねえ。弱ってしもうとるから。「元気ぅ出せえ」いうて抱き起こしてやろうとしたら、バラバラバラッと下にウジがいっぱい落ちてくる。

地獄といいますか、なぶり殺し、飢《かつ》え死に、これが一番むごい死に方ですねえ。ニューギニアは飢えとの戦争でしたねえ。

・一九八九年、広島県（備後）、Aさんより聞く。

注　パプア島には二二〇〇人上陸したが、帰国したのはわずか一二一人（五・五％）で、ほとんどは飢えて死んだという。

52　兵隊が燃える

衛生兵で召集され、ニューギニアのパプア島での陣地でのこと。もうほとんどの人は行軍の中で倒れて死んでしもうて、陣地に着いた者もほとんどが病人じゃった。私は衛生兵ですから、患者が出来たらねえ、私がこれは救急な患者で、どうしても兵站《へいたん》病院に送らにゃあいけんのじゃいうて送る。それを連れて行くのも敵の夜の歩哨線を越えて向こうへ行かにゃあいけん。どうしてもそねえせにゃあいけんいうので、夜間を主に利用して、患者を五、六人連れて隊包帯所へ行く。衛生兵は医務室で、隊包帯所は診療所、そこを経て後方の病院に行くという形になっとる。もう病院には行けなんだが。

隊包帯所いうたところでもアンペラ(一種のむしろ)が一枚あるだけ。なんにもないが、へえでもそこには薬ないと多少はあるわけですね。

そこへ行く途中に、暗闇の中に火がとろとろ、とろとろ燃えとるとこがある。まっ暗闇の中で見える火は気持ち悪い。そこには陣地で倒れた人を、死んだ者を一か所に集積してあるんです。それは人魂が飛ぶとか、なんとかいうもんじゃない。

燐が燃えるいいますか、ガスが燃えるんですかねえ、夜間になると見える。玉になってどんどん走ったりなんかいはしませんけど、一定のところで、ばあーっというか、とろとろ、とろとろいうか燃える。何百人という兵隊の死んだのをそこにまとめとるんですから。兵隊の魂が燃えるいうんか、兵隊が燃えるいうんか、自分もああなるんかと思います。一緒に行っとる病気の兵隊はどう思うて、この火を見ただろうかなあ。

それが他にも、だんだん、そういう戦死者の集積所がある。なんぼう個所もある。各部隊で。

・一九八九年、広島県（備後）、Aさんより聞く。

53　一億国民みな死んだ

　野戦病院に入っとったとき、南洋ぼけになったのを見た。同じ年ぐらいの兵隊じゃったがマラリヤとデング熱の両方になって高熱がして、治ってからもぼけてしもうて、「一億国民みな死んだ……」と昼も夜も騒ぎ立てて歩き回っとった。デング熱は四十二度も熱が出るんじゃ。

　それが急に死んだ思うたら、他の兵隊が同じようになった。南洋ぼけいうとったけど。死んだいうとったが、多分殺されたんだろうと思う。もっとも本人はわけがわからんようになって、足手まといになるんじゃが、お国のためにということでやったのに、無茶なもんじゃなあと思ようりました。当時は、そねえなことは言われもしられんし。

・一九九三年、柵原町吉ケ原、江見薫さん（一九一五年生まれ）より聞く。

注　マラリヤ、デング熱　いずれも蚊の媒介によって起こる伝染病で、高熱が出る。南方に行った兵隊が多くかかった。

54　あの世の入り口

十六、七の時に、舞鶴ぃ郡是へ行っとったらなあ、採血だいうて、血液型ぁ調べるいうて。空襲警報だいうてあったので、みなO型とか、大西悦子とか書いて（名札に）、持って歩かんならんで。

針をくしゃっと腕に刺したん。血管が細いで、なかなか入らんで、痛い、痛いいうて、抜いたり刺したりしとる間に目がもうて、ふわーっとしたら、郡是には八百人おるんや、そん中でうーんと意識失うて、そうしたら、笛や太鼓がピーピー、バーバーいうて鳴るんだ。

きれえな川があってなあ、むこうに芝生の、緑みとうな、ふわふわっと生えとって、十二単衣のお姫さんのきれえな人が、おいでおいで、おいでおいでいうて、手招きしとるん。行こうかなあ思うたけど、「悦ちゃん」いう声にはっと気がついた。

気がついたときには、人に負われて養生院いうて病院へ行っとったわけ。みんなが、「あんた、えらい目をむいて、ここ紫だし、もうこわかったわ」いうた。

そりょう戻って、あげ（高い所に住む）のおきよ婆さんに話したん。

「いや、お前もか。わしもな、熱が出て、熱が出て、ほて寝とったところが、川があって、向こうに坊さんが五、六人おってな、ほて、『羊かんやるで来い』いうて、こう言うんだ。へで、羊かんやるいうんで、『行こうか、行こうか』いうたら、はたの人が『行ったらあかん』いうて、せえで気がついた」

「やあ、お婆さん、まったく一緒だなあ」いうてな話いた。そこを渡ったら、三途の川やって。

・一九八五年、京都府伊根町新井、大西悦子さん（一九二七年生まれ）より聞く。

注　舞鶴の郡是　京都府北部の港町、舞鶴市にある郡是製糸。現在のグンゼ株式会社。
空襲警報　第二次大戦中、米軍機による襲撃の切迫を知らせる警報。防空壕などに避難した。

55 「お母さん」と呼ぶ

映画や本では、戦死したときに「天皇陛下万歳」いうてやりますけど、わしは聞いたことないですなあ。「お母さーん」いうのは聞きましたわい。倒れて死ぬとき戦友が、「お母さーん」いうて死んだ。何回もある。

・一九九三年、柵原町吉ケ原、江見薫さん（一九一五年生まれ）より聞く。

56　三回帰った遺骨

主人が戦死したのは昭和二十年（五月二十日、ビルマで）で、村葬とかなんとか、あんなことはもうなかったですから。それどころか遺骨じゃいうて三遍も取りぃ行きましたから。

一回目は岡山に舅《しゅうと》と取りぃ行きました。舅が中ぁ開けて見ゅういうて開けてみましたら、白木の位牌が入っとって、林昌正と名前だけ書いてありました。昭和二十一年二月ごろだと思いますが、寒い時で、足袋の中に唐辛子の辛いのを入れときゃあ暖かいからいうて、唐辛子ぅ入れて履いて行きましたから。

二回目は、高梁《たかはし》の頼久寺に行って、石ころが二つか三つ入っとった。それは、現地のビルマ（現・ミャンマー）の石ころかなあいう気がしましたけど。取りに行ったのは二十一年の八月ごろです。

三回目はすぐあとの九月ごろで、岡山に取りに行って、中には白木の位牌でした。

・一九九四年、神郷町下神代、林フクミさん（一九二〇年生まれ）より聞く。

注　村葬　戦死者の葬儀を村が主体になって盛大に行った。「お国のために、名誉の戦死」といって、葬儀まで も国民を戦争にかり立てる道具に使った。十五年戦争の末期になると戦死者が増え、村葬などといってお れない状況になった。

57　便所に出る亡霊

　昭和二十年四月、私は海防艦一〇二号に乗船しておったんです。東支那海で潜水艦に追われて青島《ちんたお》へ入ったんです。青島で一泊して翌日八時ごろ出港したんです。十時ごろ七千トン級の商船が魚雷一発でひっくり返って、続いて私の軍艦がうしろから攻撃を受けた。海軍は便所のことを厠《かわや》言ようりましたけえなあ、甲板におった厠番が飛ばされたんです。七、八人、ドボンと海ぃ飛ばされたんです。厠番が海の中でもがきょうったら、船に積んであった爆雷が攻撃を受けたため流れ出て、しばらくして破裂して、泳ぎょうる人が、その衝撃で全員死んでしまいました。

　それからのち、私が巡検に回ったら、専任将校が、

「今晩は厠番が幻になって戻って来とったぞ」

いうて言うんです。士官室の便所へ死んだ厠番が戻って来て出たというんです。私ぁ肝が小《こ》まいから一人で便所へよう行かんようになったんです。

・一九九四年、神郷町油野、大川清人さん（一九二八年生まれ）より聞く。

注　海防艦　沿岸防備を主要任務とする軍艦。
　　青島　中国山東省の南東部にある港湾都市。

58 殺した女

日露戦争のときに、支那（中国）で民家へ入りましてなあ、なんか物を盗んだんですなあ。せえで女の人を銃剣で突き刺いたんです。そうしたら女の人が立ち上がってなあ、虚空をつかんで、それから倒れて死んだんです。

その人がこっちぃ戻りましてなあ、大正の初めごろ子どもができたんです。ところがその子が、銃剣で殺した女のように虚空をつかむようなことをするんです。

せえで親が、

「わしが支那でなあ、女の人を突き刺いて殺いた。その時に立ち上がって虚空をつかんで倒れた、その通りを子どもがする」

いうて言ようた。

その子は死んだですけどなあ、どうも悪いことはできんもんじゃいうて話しとりました。

・一九八〇年、長船町牛文、太田享次郎さん（一九〇九年生まれ）より聞く。

注　日露戦争　一九〇四〜五年。日本がロシアとのあいだで満州（中国東北部）・朝鮮の制覇を争った戦争。

59　戦場に会いに行った母

兄の敏夫が召集されて北支（中国北部）に行っとったときのことです。

母が死亡したので、兄に手紙でそのことを知らせたら、

「すべては夢で知りました」

いうて返事があった。

母が戦争に行っとる兄のところに会いに行ったんじゃろうかいうて話をしました。

・一九八九年、広島県上下町階見、伊達フサコさん（一九一六年生まれ）より聞く。

五、岡山空襲

60　溝の中から白い手

いまの岡山県庁が出来る前の話だ。

いまの県庁通りの道路ぞいには大きな溝（下水溝）があった。幅が約一メートル、深さ五〜六十センチぐらいの溝だった。

昭和二十年代の後半だったか、道路工事で、その溝を掘ると中から白骨死体が出てきた。誰の死体だろうかということで話題になり、近くの医院の看護婦さんが、岡山空襲で行方不明になっていたので、その看護婦さんではないかということになった。

その話を聞いた人が、そういえば空襲の時、その道を逃げていたら溝の中から白い手が出ていたのを思い出したと言って来た。

みんな自分が助かるのが精一杯で、他人を助ける余裕などなかったのだ。

・一九九一年、岡山市中川町、久保修さんより聞く。

注　岡山空襲　一九四五年六月二十九日未明、米軍B29一三八機による空襲で、岡山市街地は焼野原になった。投下された焼夷弾は約十万発、八八三トンである。焼失家屋約二万五千戸（当時の岡山市の戸数は約三万九千戸）、死者一七三七人、負傷者六〇二六人。

61　防火用水の白骨

岡山県庁通りに堀薬局があるが、そこをちょっと入った所に、戦争中、防火用水があった。昭和二十五年（一九五〇）ごろ、その防火用水が土に埋まっていたのを掘り出した。ところがその中から一体の白骨死体が出てきた。

昭和二十年六月二十九日の米軍の空襲のとき、用水の中に逃げ込み、そのまま死んで埋まっていたのだろうということになった。しかし身元は判明しなかったと聞いている。当時、長い間、そこに花が供えられていたのを、子ども心にも強い印象として残っている。

・一九九一年、岡山市中川町、久保修さんより聞く。

62　市内を見たい

戦争中には野田屋町に住んでいた。いとこの子どもに角山哲也君がいて、神戸の造船所にお父さんが勤めていたので神戸に住んでいたが、空襲が激しくなって哲也君は祖父母の住む岡山に疎開してきた。私の家の近くで、私は哲也君が大好きだった。

以前から「自転車で岡山の町が見たい」と言っていたので、昭和二十年六月二十八日、夕食を済ませて、急に行ってみる気になった。自転車の前に座布団を掛けて乗せ、奉還町、番町、土手、河原、京橋、東山、天瀬と、ぐるぐるっと市内を回り、途中で友達にも会い、暗くなって家に帰った。哲也君は大変喜んで、「お休み」と言って別れた。

翌朝、空襲で直撃され、家が焼かれた。哲也君とお爺さん、お婆さんの行方が分からない。死体収容所に行って捜したが分からない。焼け跡で骨のようなものが出て来たので、それを手提げ金庫の中に入れて、県庁裏の妙林寺に葬った。

哲也君を連れて市内を回ったのは、急に思い立ったことで、何かの虫の知らせだったのかも知れない。死ぬ前に市内が見たかったのだろうか。

・一九八九年、岡山市野田屋町、高山雅之さんより聞く。

六、総動員

63　泣かせてほしい

私は満州（中国東北部、旧「満州国」）の西安炭鉱の技師として勤めておった。昭和二十年三月に結婚、それからすぐの四月に召集された。その際、同じ会社から九人が召集された。根こそぎ召集だった。召集された者のうちで二十歳代は私が一人で、他の八人は四十歳代であった。

私は結婚したとき、独身寮の二部屋をもらい、そこで新婚生活をしていた。同じ召集の中に、独身寮の管理人がいて、奥さんと子ども二人がおった。

当時としては召集は名誉であり、笑って出征兵士を送らなければならない時代だった。管理人の奥さんが、私の家を訪ねて来て、

「泣かせてほしい」

と言われたので、一部屋空けてあげた。奥さんは一晩中泣いておられたという。

私は、いったん召集されたが炭鉱技術者だったので召集解除になった。私は兵隊に行かなくて済んだのだが、あとが大変だった。二十代が召集解除になり、四十代が召集されるので、それらの奥さんたちから冷たく当たられ、妻はそのために病気になってしまった。

・一九八三年、岡山市上中野、原憲正さん（一九二〇年生まれ）から聞く。

64　徴兵逃がれ

昭和初期の話なんですが、徴兵検査を受けて、甲種合格になれば、男子の本懐だというふうに表面はいわれとるんじゃけども、内心は兵隊に取られることを非常に嫌ったわけですねえ。

へえで、こっそりと、特に適齢期の子を持つ親は、出しとうないわけですよ。そういうので、いろんなことが話されたわけですね。

兵隊に取られんようにするにゃあどうすりゃあええかいうような。検査の日に、醤油を飲んで行くと熱ぅ出して外れるとか。

そういうなかで、三十三の厄年にあたる女の尻髭《しりひげ》（陰毛）を徴兵検査を受けに行く本人に気付かないように、検査を受けに行く時の着物に縫い込んどく。そうすると兵隊を免れることができるというような、まじないがあった。

私の縁故のある家の、三十三になった女の人が、そりょう頼まれて、実際に引き抜いて渡した。で、貰った人は、最初は兵役を免れたんですが、例の戦争が始まってからは召集されて出たんです。

・一九八九年、広島県上下町上下、高橋義雄さん（一九一三年生まれ）から聞く。

65　猫の供出

昭和十七年（一九四二）、戦争が激しくなって戦場では敵地へ夜襲をかけたり、夜の行軍など夜の行動が多くなっていったのじゃ。

だが、灯をともしたらすぐに敵に分かってしまう。月明かりの夜はよいが、月がないときや曇りの日などは暗くて道も見えん。

「暗い夜でも目が見えるようにするにはどうしたらよいだろうか」

軍で研究したところよい方法が分かったのじゃ。猫の目の血を兵隊の目に注射すると、夜でもよく見えるようになると。ただ、猫は一回血を採ると、それで駄目になる。

早速、猫の供出が始まった。岡山県北の真庭郡美甘村平島地区にも猫の供出割当てがあった。

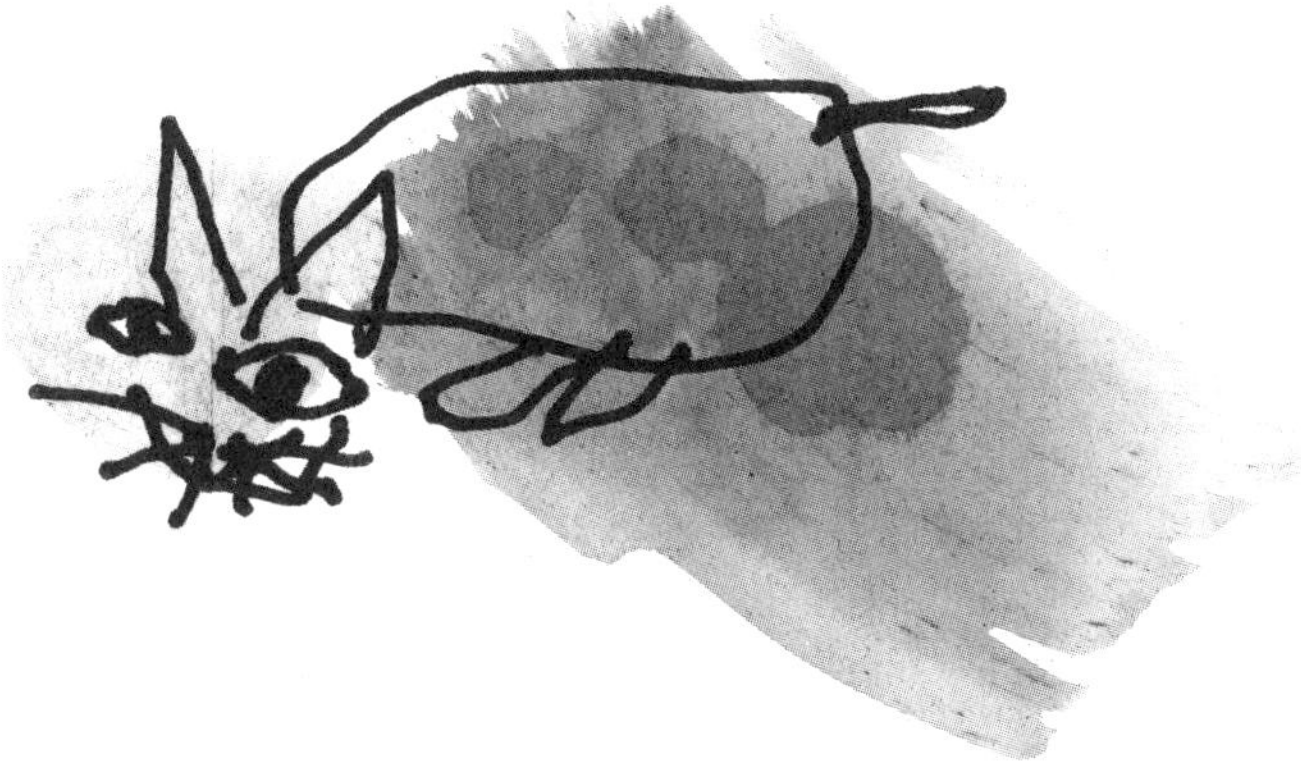

「お国のためじゃ。うちの三毛も出します」

「非常時のいま、猫で役立つんなら供出します」

「猫が兵隊さんの役に立つんだって。わしゃ年を取って戦争には行けんが、かわりにうちのトラが行ってくれる。ありがたいことじゃ。ほんとうにありがたいことじゃ」

みんなが快く猫の供出に応じてくれ、誰一人として文句を言う者はなかった。もちろん文句が言えるようなときではなかったけど。

猫が全部供出されて、ニャーの声さえ聞こえなくなった村で、一番喜んだのは鼠じゃ。鼠の天国となり、安心して子が産め、増えに増え続けた。

倉や納屋にしまってある大切な米や麦は、鼠の餌になった。サツマイモもかじられた。それだけじゃない、鼠のおかげでノミやシラミがたくさんわいた。村の人は、ノミやシラミにかまれて、かゆくてかゆくてたまらない。一晩中ろくに寝ずに、ボリボリ、ボリボリかいておらなければならなくなったのじゃ。そのため、昼間は眠くて仕事にもならなかったと。

・一九九五年、美甘村平島で聞く。

66　カラスが弔いに

戦争がだんだん激しくなって戦死者も増えていった。

作北の宮部村（現津山市）でも、

「○○さんとこの二男坊が名誉の戦死をされたそうな」

「隣のお父さんも戦死された」

こんな会話が聞かれるようになった。

あるとき、年寄りが立ち話をしとった。

「このごろカラスがおらんようになったなあ。前にゃあようけえおったのに、さっぱり姿を見せん」

「そねえ言われてみりゃ、ほんにカラスがおらんようになった。カアカア、カアカアいうてうるさいほど鳴きょうたのに、カアの声も聞こえんが。どねんしたんじゃろう」

「そうじゃ。拝み屋の婆さんに聞いてみたら分かるかもしれん」

そこで拝み屋の婆さんとこへ行ったのじゃ。お婆さんはしばらく拝んでから、おもむろに言った。

「そりゃカラスは戦地に行っとるんじゃ。ようけえ戦死者が出ても弔いをすることができんじゃろう。せえでわしらのかわりに弔いに行ってくれとるんじゃ」

• 一九七〇年、久米町宮部上、藤木ふゆさんより聞く。

67　戦争に行ったカラス

私は、丙種合格で、軍隊へ行くことがいらんもんですから、銃後の守りはいう責任を感ずるので、よく八八幡《やはちまん》参り（八幡神社八社へ参ること）いうのぇ、みんなと一緒に参ったもんです。

まだ、日中戦争中だったので、昭和十四年か十五年ごろだったと思うんですが、やはり八八幡へ、みんなと一緒に参っとるときの話に、

「最近、カラスが全然おらんようになったじゃあなえか」

と誰かが言うたんです。

気付いてみるとカラスの鳴き声も全然せんようになっとるように感じたんですが。

そうしたら一人の人が、

「なぜカラスがおらんようになったか、そりゃあ、みな支那（中国）へ行ったんじゃ。兵隊の応援に行っとるんじゃ。みんなも八八幡へ参ったりして出征兵士の元気をつけるために努力せにゃあいけんのだ」

という話が、八八幡参りの途中に出てきた。

そのころは実際にカラスがおらなんだ。

• 一九八九年、広島県上下町上下、高橋義雄さん（一九一三年生まれ）より聞く。

68　菊花紋を削る

小林地区（上斎原村）の入り口のところに墓地があり、そこに小椋弥七夫妻の石塔もある。享年は文化二年（一八〇五）と明和八年（一七七一）である。石塔の上部に桐と菊花を組み合わせた紋章が刻まれていた。

戦争中のこと、巡査が、

「菊の紋章を墓につけるとはけしからん」

ということで、紋章の菊花の部分を削り取ってしまった。いまも、その部分は平面のままになっている。

小椋姓は木地師で、その紋章には菊花がある。

・一九九五年、上斎原村寺ケ原、片田知宏さん（一九六〇年生まれ）より聞く。

注　木地師　木地をろくろなどを用いて盆や椀などを作る人。もともと良材を求めて各地を移動していたが近世になって定住。上斎原村では、赤和瀬、中津河、小林、恩原、宮ヶ谷などが定着した集落。木地師の祖先は文徳天皇の皇子惟喬親王だという「御綸旨」を持つ。紋章には菊花がある。小椋姓を名乗る。菊花紋のうち、十六葉八重表菊形は皇室紋章、十四葉一重裏菊形は後族紋章である。戦争中は菊花の紋章だけで取り締まられたのだ。

69　弾薬庫の穴掘り

六条院駅（鴨方町の現在の鴨方駅）のところの山に昭和二十年にトンネルを掘っていた。弾薬や燃料を疎開させるための横穴であるが、住民には詳しいことは何も知らされなかった。

その工事に岡山の部隊に入っていた弟が行っており、母が、ろくな物を食べていないので持って行ってやれといって、野菜やすしなど三重箱に入れて持って行った。三月か四月ごろだと思う。

一軒の農家で弟に会い、裏縁で重箱を渡すと、

「座敷に上官の伍長、軍曹がおられるから食わせてくれ。あとで残ったものを食べる」

という。そこで座敷に持って行った。

一重ぐらい残って弟にやってくれと言われた。そのとき、弟に、

「死ぬな、死んだら犬死だぞ」

と、小さな声で言って別れた。

・一九八三年、岡山市上中野、原憲正さん（一九二〇年生まれ）より聞く。

注　第二次大戦末期になると空襲による被害を避けるため兵器や弾薬などが各地に分散保管されることになる。弾薬などの危険物は、山に横穴を掘り、そこに保管された。横穴が掘られたのは、和気郡本荘村（和気町）、久米郡福渡町（建部町）、御津郡上建部村（建部町）、岡山市東山峠、児島郡八浜村（玉野市）、吉備郡総社町（総社市）、浅口郡六条院村（鴨方町）であるといわれる。

70　飛行場の建設

昭和二十年八月、湯原村（現真庭市湯原）で五人が徴用されて、総社の飛行場の建設工事に行った。

八月十日、スコップとつるはしを持って行き作業をした。山を掘って土をトロッコに積んで三本の滑走路を建設しているように見えた。

作業は三つの班に分かれ、それぞれの滑走路の工事に従事した。午前と午後の二交代で、約千五百人が従事していた。弱そうな兵隊が一緒だったので尋ねたら奈良から来たと言っていた。

宿舎は服部小学校で、（国分寺を宿舎にしていた者もいた）、食事は大豆粕に米が少し入った飯で、それが三食ともだった。

逢沢寛（当時・衆議院議員）が来て激励したのを覚えている。

土を掘っていたら古墳があって、蓋付きの杯が出てきたので溝で洗って持ち帰り、戦後、湯原中学校に寄附した。

八月十五日は休業で、吉備考古館に行って終戦を知った。その夜、宿舎で、

「汽車も止まってしまうだろう。山越えをして帰らねばなるまい。誰ぞ道を知った者はいないか」

と相談した。久世から名前は忘れたが博労が来ていたので、その人に案内してもらって山越えで久世まで帰ることにした。

十六日朝、それでも駅に行ってみようと総社駅に行くと汽車が通っているという。駅で少尉が肩をすぼめて立っていたのが、いまでも印象に残っている。

汽車が到着したが客車には乗れず貨車（有蓋車）に乗って湯原から行った者が一緒に帰った。ところが貨車の戸が開かなくなり、困ったと言っていると、美袋駅で貨車を切り離した。その時戸が開いたので、今度は石炭車の上に乗って新見まで帰ってきた。

沿線の住民で、日本が戦争に負けたということを知らないのか、兵隊の列車だと思って、「万歳」と言って田んぼの中で手を振っている者もいた。

新見の駅で、新見農林学校の先生をしていた友人が立っていたので、声を掛けると、

「召集が来て、明日、広島に入隊しなければならない」

という。

「敗戦だから行くな」

と言ったが、

「行かねばなるまい」

と言っていた。

家に帰ったら灯火管制で暗い。電灯は明るくしてもよいと言って、電灯に付けていた蛇腹を外すと急に部屋の中が明るくなった。そのことも印象に残っている。

・一九九〇年、湯原町田羽根、後藤勇さんより聞く。

注　総社市三輪の船山の土を掘り、総社市と山手村（現総社市）に飛行場を建設しだしたが、途中で敗戦となった。
船山には横穴を掘って飛行機の格納庫も造られていた。

71　松根掘り

一番苦しかったことは、松根掘りでした。私は留守役ですから、長男が小学校五年生で下が三歳でしたからねえ。終戦前に松根掘りいうのがあった。ありょう一週間続けて、朝八時から晩五時まででしょう。よそは男の人が出れるけど、うちは主人も主人の弟も召集で出とるので誰もおらんでしょう。それに牛がおりましてねえ、朝、草ぁ二荷刈ってきといて、松根掘りぃ出て、それこそ食べるもんいうたらイリコもなかったんですから。それを一週間続けて、これ以上続けたらどねえなるだろうなあ思ようりました。そしたら終戦になって、掘った根っこは、とうとう出ずにしまいました。

唐鍬《とうぐわ》で松根の周囲を掘って、穴にハデ木の棒（稲架用の木）をつっ込んで、「よいしょ、よいしょ」で浮き上がらせて掘り出すんです。相当力がなけりゃあいけん。力はないし、

おなかは減るし、八月の暑い、暑い最中でしょう、これが一番つらかった。

松根からは油を採って、油で飛行機を動かすんじゃ言ようった。

「この油で飛行機を動かすいうたら、日本はおしまいじゃ」

いうて、みんな言ようりました。新見の上市に松根から油を採るとこができとりました。

・一九九四年、神郷町釜村、池田朝子さん（一九一二年生まれ）より聞く。

注　戦争末期になると航空機燃料の不足が深刻化し、一九四四年十月、国は「松根油緊急増産対策要綱」を決定、松根油製造に全力をあげた。松根油は松根（肥松）を乾溜、二〇〇度以下で留出するテレビン油はオクタン価が高く、ガソリンの代用となった。岡山県内でも多数の工場が建設された。

72　ガソリンは血の一滴

兵隊に行くまでは、「ガソリンは血の一滴」じゃいうて言ようりました。ブィーンに行ったら航空隊では、汚れた服を洗うのに石鹸がないからとガソリンで洗っとった、すぐ乾く。内地では「血の一滴」言ようるのに、もったいないことをするもんじゃなあと思うた。

・一九九三年、柵原町吉ヶ原、江見薫さん（一九一五年生まれ）より聞く。

73　木の召集

昭和十八、九年ごろじゃろう。

杉いやあ、みな切られてなあ、木までみな召集が来た。うち方らぁ道端のええ木がみな切られてなあ、出すのに足場がええから。おじさんが村長しょうったから、「木の召集じゃ」いうて、よそよりゃあよけえ出さにゃいけんいうて、二町歩（二ヘクタール）ぐらい出した。供出じゃから、命令的に出すんじゃから、金にゃあならん。

木は切っても植よう思うても苗木がなかったんで植えることはできなんだ。

近所では、屋敷内にあった杉も供出で切られた。大きな木だった。

・一九九四年、神郷町油野、安達愛さん（一九一〇年生まれ）より聞く。

注

第二次大戦が末期に近づいてくると木造船が建造される。そのための材などに使用するため木材の供出・召集が行われた。この供木運動は、屋敷林、公園、神社仏閣の境内林、街道の並木、平地林など、運搬に利便な木が選ばれた。

74　子作り休暇

主人は昭和十五、六年ごろ岡山に入隊して一年ほど岡山におったんじゃ。そのころは再々戻って来たでな。「稲刈りの手ご（手伝い）をせえ」とか「土曜に休みゅうやるから去《い》ねえ」とかいうて戻らしょうった。「子作り休暇じゃ」いうて、子どもを作りぃ戻らしょうったんじゃ。

・一九九四年、神郷町油野、上田リカさん（一九一七年生まれ）より聞く。

注　戦争中には「産めよ増やせよ」と出産が奨励された。十人以上出産した者は表彰された。戦争のためには、兵隊や労働者になる人が必要であるからだ。

75　郵便屋は天皇と同じ

岡山市三門の同仁病院前の道路（現国道一八〇号）は、昭和初めの陸軍大演習のために造られた道である。

大演習の際、天皇が通られるということで、みんな道の両側にむしろを敷いて、そこに正座して待った。天皇が通られるまでは、道路の横断は禁じられた。

ところが郵便屋さんが横断したので、

「なぜ一般の人を通らせないのか」

と聞くと、

「郵便は天皇様と同じで特別だ」

と言われたのを覚えている。

子どものころの話だ。

・一九九四年、岡山市上中野、原憲正さん（一九二〇年生まれ）より聞く。

七、暮らし

76　タコの配給

私が育ったのは、岡山県北の村、久米郡大井西村（現津山市）の岩谷という部落（集落）だ。戸数三十戸ばかりであった。

戦中、戦後は物不足のため、多くのものは配給制で、岩谷地区に何が何個というようにやってくる。それを各戸に分配するのだ。

戦後、父が部落長をしていたので、配給の分配もわが家で行なっていた。あるとき魚の配給があった。全戸に配給するだけの量はないので、くじ引きで分けることになった。

魚の中にタコがあった。私はタコなど食べたことがない。どうにかして一度食べてみたいと思った。

係が罫紙を出し、線にそって鉛筆で線を引き、下に魚の名を記していった。のぞいて見ると一番端の線の下にタコと記された。タコが食べたかったので、父親にくじを引かせてくれと頼んだ。父は了解してくれた。

「じゃ、くじを引いてもらいます」

私は一番に行って、一番端の鉛筆の線を指さし、これと言った。「立石」と記された。

〈今晩は初めてタコが食べられるぞ〉

集まっていた者が全員くじを引くと、折り畳まれていたくじ引きの用紙が開けられて、つぎつぎに名前と魚が読み上げられた。最後まで「立石さん、タコ」とは言われなかった。そっとくじ引きの用紙を見ると、タコと書いてあったのは、罫紙の端の太い線のところで、そこだけは鉛筆の線が引かれていなかった。私が引いたのは、端から二本目になり何も当たらなかった。

・総社市井尻野、立石憲利（一九三八年生まれ）の子どものころの体験。

77　ドブロク造り

　戦中、戦後は酒は配給だったし、配給がなくなっても五反百姓の貧乏暮らしでは買って飲むことはできなかった。そのかわり自家製の酒を造っていた。造るのは主に冬の季節だが、大抵の家で造っていたようだ。ドブとかドブロクといって、もちろん法律で造ることは禁止されており、密造酒である。百姓には、それなりの理屈があった。

「わしが作った米で、わしの飲む酒を造ってどこが悪けりゃ。それを売って金もうけをするわけじゃない。百姓にドブロクを造るのを禁止するいう相談があったとは聞いとらん」

　父の正志もドブロクを造っていた。近所では味がよいという評判だった。それというのも、近くの集落に久宗立体農業研究所というのがあって、そこの麹菌がよいといって、それをもらって造っていたので、そのせいかも知れない。

ドブロクは、警察や税務署に見つからないような場所に造る。納屋の隅、屋敷裏、牛小屋、木小屋、炭がまなどである。

ある年、正志は木小屋にドブロクを造っていた。戦争が終わって何年かたったころだ。ある日、家の中で藁仕事をしていると見知らぬ男が二人やって来た。

「立石さん、あんたのドブロクはなかなか評判がよいそうななあ」

「何を言われりゃ、ドブロクなんか造っとりませんぞ」

税務署の役人だ。家の中を見させていただくという。ちょうど仕込んでから日があまり経っておらずドブロクは発酵の最中で、酒の匂いがよくする時期じゃ。

「立石さん、ええ匂いがしますなあ」

木小屋に目をつけて、

「ここをちょっと見せてもらいます。ここの焚き木の束を外に出してもらえんかな」

と言いだした。

「お役人さん、この焚き木はこの間積み上げたばっかりじゃ。外にはよう出しません」

「それなら、こっちで調べさせてもらおう」

お役人は焚き木の束を外に運び出した。つぎつぎに出したが、いっこうにドブロクが出てこん。そのうち匂いもしなくなった。

「何か見つかりましたかな」

「あんた、どこにドブロクを隠しとるんなら」

「どこにもドブロクなんか造っとりませんで」

役人は仕方なく、外に出した焚き木を木小屋の中に積み戻して帰っていった。

木小屋というのは柱だけで壁が付いていない建物だから、役人が入り口から焚き木を運び出しているとき、隠していた裏側のかめを正志はそうーっと他の場所に移してしまったのだ。

それから二週間ほどたった日、かめの蓋が開けられた。

「ああ、このドブロクはようできとるな」

どんぶりいっぱいのドブロクを正志はうまそうに飲んだのじゃ。


•総社市井尻野、立石憲利（一九三八年生まれ）が二、三十年前、父・正志（一九〇二年生まれ）から話を聞いたもの。

78　煙草の味噌汁

戦争が終わってからだが、戦争中以上に物不足は深刻だった。県北の村にも闇屋がたびたびやって来ていた。米でも麦でも豆でも、供出する値段よりずっと高く買ってくれたので、みんなは闇で売った。

私の村にも闇屋の人がいた。引き揚げ者で、わが家から一キロほど離れたところに住んでいて、私の家にもよくやって来た。その人以外には何人もやってきていた。父が闇屋にときどき売っていた。煙草を耕作していたので、収穫期以後、煙草の葉を売ってくれとよくやって来ていた。

「つかまっても誰から買ったということは絶対に言いませんから」

と言っていた。煙草の葉を腹巻きや下着の中に隠したり、弁当箱に詰め込んだりして運んでいった。国に売るよりは何倍も高い値段で売れたので、闇屋ももうけが大きかったのだと思う。

煙草をたくさん売ればよいのだが、それはできなかった。一反歩耕作していたら、そこに何本植えられており、一本に何枚の葉が付いているという検査を専売局がしたので、収量はどれだけということがほぼ分かっていた。それからあまり違わない範囲内でないと闇に売れなかった。

「うちのような貧乏百姓でも、煙草の闇で五人の子どもをどうにか育てることができたのじゃ」

と、父は話していた。

闇屋は、買った米、麦、豆、煙草などの多くを、姫新線の一番列車（闇屋列車と呼ばれていた）で姫路に運んだという。たびたび取り締りがあり、見付かるとすべて没収されたり、捕えられるので大変な仕事だと聞いたことがある。

父は煙草を吸っていた。当時は、刻み煙草をきせるで吸うのが普通で、紙巻き煙草はあまりなかった。それでも、ときには自分で刻み（幅の広い包丁があった）辞書の薄い紙で巻いていた。煙草を巻く道具もあった。もちろん違法だが、自分で作った煙草を自家消費もしていたのだ。

あるとき父が、台所で煙草の葉を刻んでいたときのこと、運悪く巡査がやってきた。目ざとく見つけて、

「立石さん、何ぅ刻みょうるんなら」

とたずねた。父は、びっくりしたが平然として、

「いや、きょうは女房が出かけておるんで、昼の味噌汁ぅ作りょうりますんじゃ」

といって、湯を沸かしていた鍋の中に、ざっと刻んだ煙草を入れて蓋をした。

巡査は、それ以上何も言わずに帰っていったという。


•総社市井尻野、立石憲利（一九三八年生まれ）の子どものころの体験と父から聞いた話。

八、私の戦時体験

一九四五年八月十五日、私は小学校（当時は国民学校と言っていた）二年生だった。七歳だから、戦争といっても記憶していることはわずかにしか過ぎない。

一番よく記憶しているのは、八月十五日、お寺（妙福寺）にラジオを聞きに行って帰ってきたお爺さんが、「日本は戦争に負けた。アメリカ軍が来たら男は金玉をひき抜かれ、女は連れて行かれる。隠れて見つからんようにせにゃいけん」と青い顔で言ったことだ。当時、わが家にはラジオがなかったので、お寺に天皇の敗戦の放送を聞きに行ったのだ。戦後、二度ばかり米軍のジープがやって来たが、私は家の陰に隠れて、のぞき見をした。

故郷は久米郡大井西村（現津山市）で、山間の寒村である。山間の村だから、戦争と結びつくものといえば、物不足や食料不足、生活の困難、お寺の鐘の供出、火鉢の供出、兄の学徒勤労動員、いとこの戦死などがあるが、子どもとして直接生産に動員させられたこともある。

食料――サツマイモ増産、サツマイモのつる・カボチャの葉柄・ドングリ・ワラビの供出、落ち穂拾い。

繊維――桑の木・ヒュウジ・野コウゾの皮むき。

その他―畳表にするチガヤの採集、飛行機のプロペラを貼り合わせる糊にするヒガンバナの球根掘り、綿の代用品ススキの穂の採集、ヒマの栽培、松根油や松脂採集。
いろんなものを採集したり、手伝ったり、直接見たりしたのを思い出す。

①食料――カボチャの葉柄も

サツマイモは食糧確保の上で大きな役割を果たしたもので空地にも植えられたが、比較的平坦な山を開墾してサツマイモ畑を造った。わが家でも入会山二か所を開墾して一〇アールほどの畑を造りサツマイモを植えた。サツマイモの苗植え、草取り、掘り取りなど手伝った（親の仕事の邪魔をした）。高系四号という白色の芋で、収量が多いものを植えた。味はおいしくなかった。サツマイモは供出した。

サツマイモのつるも供出した。これは乾燥して、粉末にして団子の原料にすると聞いた。

ドングリを山で拾って学校に持って行った。これも粉末にして団子の原料にすると聞いた。

カボチャの葉柄も採って学校へ（？）持って行ったが、何に使うのかはよく分からなかった。

ワラビはワラビ採り遠足があり、当時はほとんど草刈り山だったのでたくさん採った。それを学校に持ち寄り、それを供出したという。干しワラビは、子どものころ三月節供のご馳走のひとつだったので、干しておかずにするのだろうと思った。

手許に一九四四年（昭和十九年）発行の「週報」（情報局編）が何冊かある。政府の発行した広報誌だ。それをめくっていたら、戦争末期の状況がよく分かる。

三月八日付三八五号には「戦時食糧の増産」「かぼちゃを作ろう」という記事がある。「六百匁（二・三キロ）のかぼちゃは百匁（三七五グラム）のお米と殆んど同じ量のカロリーを持っています」として栽培を奨励している。その中に「用途が広く便利なこと」という利点をあげ、「かぼちゃは簡単に塩茹《ゆで》や雑炊にして主食としたり、切干や冷凍野菜として、また粉にして貯蔵し、いつでも使えることができ、さらにアルコールの原料や家畜類の餌にもなり、なお葉柄は蕗《ふき》と同じように食べられ、種は油が多いので炒って菓子やごまの代用にすることが出来ます」（傍線は筆者）とある。葉柄はフキと同様にして食べることが分かった。乾燥して供出し、それを水にもどして使ったのだろう。

『岡山県政史』（明治・大正編　昭和前期編）（昭和四十二年発行、岡山県編）に載せられた資料によると、「昭和十九年度軍需並非常時用山菜の採取加工供出運動実施要領」（昭和十九年四月十五日）で、「干わらび一万貫（生で十万貫）、干ぜんまい五百貫（生で五千貫）、干山ふき五千貫（生で七万貫）を県内の供出目標にしている（ちなみに一万貫は三七・五トンである）。

また「戦時未利用食採取運動実施要領」（昭和十九年八月二十二日）によると、「干ヨモギ三万貫（生で二十万貫）、干甘藷葉柄二万貫（同二十万貫）、干甘諸蔓《つる》二十万貫（同二百五十万貫）、干里芋茎二万五千貫（同四十一万貫）、干大根葉一万貫（同十万貫）、葛根生二十五万貫」を供出目標にしている。これほど大量に、また、こんなものまで食べたのだと驚かされる。

②繊維――ヒュージの皮むき

農村では養蚕が盛んだったが、戦争末期には労力不足や食糧増産のためサツマイモ畑に転換したところも多い。刈り桑の木が切り取られて、根から引き抜かれた。大勢の小学生が桑の木の皮むきを行った。二人で引っぱりあってむいた。低学年の私には大変な作業だったことを覚えている。

また、ヒュージ（イラクサ科・カラムシ）の皮をむいて干した。父や兄が毎日、朝草《あさくさ》（牛の飼料にする草）を刈ってくると、その中からヒュージを選り別け、皮をむいてカドで干した。夏休み中の仕事だった。夏休みが終わって学校に持って行った。

「週報」四〇八号（十九年八月十六日号）では「戦う物質」として繊維が特集されている。その中で「桑樹の皮が産業戦士の作業服となり」とあり、桑の木の皮が繊維原料として重要だったことが分かる。また、野生苧麻《ちょま》について特別の項目を設けている。そこには「植物繊維の種類は非常にたくさんあって、我が国内だけでも三百種以上の原料植物を数えることができます。しかし、閣議決定に基づいて農商省から各府県宛に生産割当をしたものは、次の二十二種です。

桑皮、野生苧麻、ホップ、杞柳皮《きりゅうひ》、藺草《いぐさ》、藤皮、葛《くず》、カナムグラ、スガモ、棉茎、苦竹《まだけ》、淡竹《はちく》、錦竹《きんちく》、女竹、揺皮《しな》、へら皮、蒲《がま》、蒲穂、七島藺《しちとい》、青桐、芭蕉、竹皮（篦麻《ひま》と笹類は研究中）。

このうち桑皮から棉茎の十種は繊維が細く柔らかく且つ強さも十分ですから、だいたい紡織用に向き、竹から竹皮までと、藤と葛は長く硬いので綱や袋のような雑品に適するわけです。そして、その中でも野生苧麻が紡織繊維として最も重要なものの一つなのです」とある。野生苧麻には、マオ（カラムシ）、アカソ、イラクサがあると。

また「野生苧麻はいったい誰が採るのですか」の項があり、そこには「国民学校の児童、中学生、婦人会、青年団のほか農村その他から出せる労働も加えて広汎な全国的採集運動を進めています」とある。

前記の『岡山県政史』には、昭和十九年五月、県が政府の要請を受けて「戦時繊維非常増産対策要綱」を定め、「桑皮二十五万貫、野生苧麻二十五万貫、竹十四万貫、その他藺屑、篦麻、藤皮、竹皮」を供出するとしている。

私が子どものころ作業した桑の皮むきやヒュージの皮むきは、これらの方針にそったものだったのだ。

③その他――ススキの穂が浮胴衣に

ススキの穂を摘み取りに行った。花が飛ぶ前のものを採った。この穂はふとんの綿にするのだといわれていた。

「週報」四二一号（十九年十一月十五日号）に「戦う物資」として、ススキの穂のことが記されていた。

「わが荒鷲《あらわし》（飛行機のこと）が海上に不時着したり、落下傘で降下する場合、浮胴衣がないといけません。浮胴衣はなるべく軽く十分浮力のあるものでなければなりません。いままでは南方に出来るカポック（パンヤ）が使われていたのですが、数量が十分でないので、研究の結果、薄《すすき》の穂に白羽の矢が立った」とある。

そして採集は、「野生苧麻を採集したように国民学校の児童……」さらに「疎開児童にも適当しているでしょう。都会で育った児童に秋晴れの下で薄の穂を切り取らせることは児童にとって変った興味が起こるはずです」とまで記している。

すでに南方からのカポックの輸送が困難になり、代替品としてススキの穂となり、それを私も取らされたというのだ（ふとんの綿ではなかった）。疎開児童―都市が空襲されるので親から離れて農山村にやってきている子どもたちに、ススキの穂を採取させよと。「秋晴れの下で」やると「興味が起こるはず」とまで、よく言えたものだと思うが、当時は、すべてがそういうものだったのだろう。

④松根油はガソリンに

松根油は家の者が山に松根を掘りに行ったり、近くに松根油工場（といってもバラック建て）があったので見て知っている。

また松脂も採っていた。大きな松樹に、何本も傷を斜めに付け、その下にブリキでV字状の受けを付け、幹からしみ出てくる松脂を竹筒で受けていた。それを定期的に回収していた。

「週報」四二一号に「戦う物資」で松根油が取り上げられている。

「最近、その用途は一変して航空機などの作戦用の燃料として、質的にも量的確保の点でも極めて優秀性を持っていることが分り、新たに決戦物資として登場」「一挙に従来の十数倍という大増産を実施する」「農山村に新しく窯を造り農業団体に経営させてゆく」「十一月一日から五箇月間を松根の増産期間とする」などとある。当時のポスターに「松の根からガソリン」というのがあった。

昭和十九年十月二十三日、農商省が「松根油緊急増産対策要綱」を決定、それをうけて岡山県も十二月一日「松根油緊急増産対策要綱」を定めた。

それによると第一次分（昭和十九年十二月〜二十年三月）として、松根採取目標を八五〇万貫とし、松根油蒸留釜の割当てを三百十四基としている。二十年二月二十三日決定の二次分目標、蒸留釜六百四十七基。四月十日決定の昭和二十年度目標、蒸留釜二千三百基、松根採取量六千百万貫としている。

松根採取量六千百万貫（約二十三万トン）と一口で言うが、何株になるのだろう。一株が三十キロ程度というので、七百六十三万株である。機械はないのだから、すべて手作業、鍬で掘ることになる。本当にどうやって掘るのだろうか。力のある男は戦場へ行き、残されたのは年寄りと女性と子どもだけ。気が遠くなる数字である。

⑤小学校低学年でも動員されていた

子どものころ採取したり、それを手伝ったり、見たりしたことのいくつかを記した。極端な物資不足で、国民生活はおろか戦争遂行さえ困難な事態になり、あらゆる物資の根こそぎ動員をした結果が、子どもたちにも直接影響したのだということが分かった。男は根こそぎ召集で戦場へ、そして戦場に行けない者、学生、婦人も工場へ動員と、人も物も総動員したのだった。

そして小学校の児童もありとあらゆるところで動員されたのだ。学校で勉強し、運動し、そして遊ぶ――この小学生が、食料や繊維を含め、いろいろな場面で戦争に協力させられたのだった。政府や県の方針の中に、はっきりと小学校の児童を使うことが記されている。しかし、「子どもを使うのはおかしい」と親も学校の先生も言えなかった。逆に、子どもを引率して、それらの作業につかせたのだ。説明は「敵をやっつけて戦争に勝つためだ」「神国日本は決して負けることはない」というスローガンだけで。

政府の広報誌「週報」でも、なぜ物が不足しているかなどは決して書いていない。戦うためにこれをやろうというだけである。

だが、政府の方針に反対したり批判することは許されない。もし反対や批判をすれば捕らえられるという時代だ。

はっきりものは言えないが、「こんなものまで供出ということになると、日本は戦争に負ける」と思っただろう。しかし、負けるなどとは決して言えなかったという。

件《くだん》という人間と牛のあいの子が、ときどき牛から生まれる。件は生まれるとすぐ予言をしてすぐに死ぬという。その予言は必ず当たるといわれる。人々は何も言えないから、生まれてきた、その件に「日本は戦争に負ける」と言わせたのだ。

あとがき

今年は十五年戦争が終わって六十年になる。還暦で一九四五年（昭和二十年）も今年も乙酉（きのととり）だ。人生の中では還暦の祝いをするのだが、敗戦六十年のこの年を素直に祝えないのが残念だ。戦争はいやだ、ふたたび戦争はしないと誓ったのに、またもや日本を戦争する国にしようとする動きが、政治家や財界の中で大きくなっているからである。

戦争を忘れないように、戦争はいやだという思いを伝えようと、戦後四十年にあたる一九八五年に『戦争の民話—息子は帰ってきた』を、そして戦争の最高責任者だった昭和天皇が亡くなった一九八九年に『戦争の民話Ⅱ—戦場からの知らせ』を出版した。

民話の採訪を続けるなかで聞いてきた戦争にまつわる話も、いまでは聞くことが困難になってきている。第二集以降に聞いた話も出版しておかなければと気にかかっていた。「戦争の世紀」ともいわれた二十世紀から、「平和の世紀」になってほしいと願った二十一世紀に移る時にと計画したが、実現できないままになってしまった。

戦後六十年の今年を逃してはと思い、やっと原稿をまとめ出版にこぎつけた。

二十一世紀は、当初から私たちの平和への願いが裏切られてきた。いまも米英による不法なイラク侵略が続いており、わが国では十五年戦争の反省からつくられた平和憲法、とくに戦争の放棄をうたった第九条を変えようという動きが急になっている。自民・公明両党はもちろん、民主党も、日本を戦争をする国にしようとしている。これらの人々は、六十年前に終わった十五年戦争で、日本が国民とアジアの人々などにどれだけの苦痛を与えてきたかなど知らぬ顔である。

戦争で一番苦しみ、悲しんだのは誰か。それは一般庶民であり、貧しい人々であり、弱い人々である。これらの人々の思いは文字に記され残されることは少ない。「ものいわぬ人々」である。そしていつも歴史の中に埋没されてしまう。しかし、歴史は、これらの人々によって動いてきた。

十五年戦争という日本の歴史上なかった大戦争は、誰もが無関係でいることはできなかった。肉親の死・傷、人権の抑圧、きびしい労働、家屋の焼失、苦しい生活などなどの体験の中で、「もの言わぬ人々」も口を開いた。昔から伝えられてきた「民話の語り」という手段をかり、わずかながら自らの思いを伝えた。そこに心を寄せ、聴き耳を立てて話を採録してきた。話の中には民話だといえるような心を打つ話もあれば、まだ民話とは言えないような、いわば「民話のパン種」とでもいうような話もあった。それらをまとめたのが本書である。

日本を、ふたたび戦争する国にしないためにとの願いを込めての出版である。

なお、出版にあたり調査に協力くださった多くの方々、表紙・さし絵を描いてくださった日本美術会会員・江草昭治さんに心からお礼を申し上げる。

二〇〇五年七月七日　盧溝橋事件のあった日に

立石　憲利

立石　憲利（たていし　のりとし）
1938年、岡山県久米郡久米町（現津山市）に生まれる。
岡山民俗学会理事長、日本民話の会運営委員、日本昔話学会委員など。
著書に「日本昔話通観」同朋舎、「中国山地の昔話」三省堂、「日本伝説体系・山陽」みずうみ書房（以上共・編著）、「美作の民話」「丹後伊根の民話」国土社、「岡山のことわざ12か月」山陽新聞社、「民話集三室峡」手帖舎、「風呂場ばなし」「立石おじさんのおかやま昔話」１、２集 吉備人出版（以上編著）など多数。

戦争の民話Ⅲ　夢のなかの息子

2005年８月15日　初版発行
著　者　　立石　憲利
〒719-1154　岡山県総社市井尻野199
電話・ファックス 0866-93-4588
発行者　　山川　隆之
発行所　　吉備人出版
〒700-0823　岡山市丸の内２丁目11－22
電話 086-235-3456　ファックス 086-234-3210
http://www.kibito.co.jp　メール:books@kibito.co.jp
印刷所　　サンコー印刷株式会社
製本所　　日宝綜合製本株式会社

ISBN4-86069-105-9